王蒙

王蒙 著

生活万岁，青春万岁

浙江文艺出版社
Zhejiang Literature & Art Publishing House

图书在版编目（CIP）数据

王蒙：生活万岁，青春万岁 / 王蒙著 . —杭州：
浙江文艺出版社，2024.6
ISBN 978-7-5339-7568-5

Ⅰ.①王… Ⅱ.①王… Ⅲ.①散文集—中国—当
代 Ⅳ.①I267

中国国家版本馆 CIP 数据核字（2024）第 061129 号

统　　筹　王晓乐　　　　　　封面设计　广　岛
责任编辑　丁　辉　谢园园　　封面插画　Stano
责任校对　唐　娇　　　　　　营销编辑　张恩惠
责任印制　吴春娟

王蒙：生活万岁，青春万岁

王蒙　著

出版发行　浙江文艺出版社
地　　址　杭州市环城北路 177 号
邮　　编　310003
电　　话　0571-85176953（总编办）
　　　　　0571-85152727（市场部）
制　　版　杭州天一图文制作有限公司
印　　刷　杭州富春印务有限公司
开　　本　880 毫米×1230 毫米　1/32
字　　数　135 千字
印　　张　7.75
插　　页　2
版　　次　2024 年 6 月第 1 版
印　　次　2024 年 6 月第 1 次印刷
书　　号　ISBN 978-7-5339-7568-5
定　　价　39.80 元

出版说明

自五四新文化运动以来，中国文学面目一新。在中西方文化的碰撞与融合中，小说、诗歌、戏剧等文学形式完成蜕变与新生，而散文以其自由自在的天性，踵事增华，其成果蔚为大观。

郁达夫认为，较之古代的"文"，现代中国散文有三点特异之处，即"'个人'的发见""内容范围的扩大""人性，社会性，与大自然的调和"（《中国新文学大系·散文二集·导言》）。散文家们兼收并蓄，将万事万物融于一心，"以我手写我口"，取径不同，或叙事、抒情、议论，或写人、描景、状物；风格各异，或蕴藉、洗练、飞扬，或磅礴、绮丽、缜密。就应用而言，以学识、阅历、心境为核心的小品文，以小见大，言近旨远，张扬个人性情；以观察、讽刺、同情为底色的杂文，见微知著，刚柔相济，召唤战斗精神……种种流派，非止一端。

为了给当代读者提供一套选目得当、编校精良的散文选本，我们推出"名家散文"系列，从灿若星辰的中国现代散文家中遴选出一批作者，精选其散文创作中的经典作品，结集成册，以飨读者，或可视作对百年现代中国散文的一次阶段性回顾与总结。我们相信，尽管这些作品产生的背景千差万别，但其呈现的智识与感性、追求与希冀，是跨越时空而能与读者共鸣的。我们也相信，经典之所以为经典，因其经得起时间的汰洗，这里的文章，初读，是迎面撞上万千世界，吉光片羽，亦足珍惜；再读，则是与无数智者的重逢，向内发现自己，向外发现众生。

文学的历史同时也是一部语言文字的历史，而汉语的标准化也随着时间的推移不断地演变、更新。五四白话文运动以来，文学语言流动而多变，呈现出丰富和复杂的样貌。文字、词汇、语法的繁芜丛杂背后，是思想文化的多元与活跃，也是作家不同审美取向和个人风格的展现。因此，我们在编辑过程中尽量尊重文章原刊或初版时的面貌，使读者能够感受到语言的时代特色，比如"的""地""底"共存的现象。同时，考虑到读者尤其是学生的阅读需求，我们按当下的规范做了有限度的修订。

编辑出版工作中难免存在不足之处，热忱欢迎广大读者批评指正。

浙江文艺出版社

目 录

生活万岁，青春万岁，爱情万岁

怀念和敬意

半生多事（选章）

生活万岁，
青春万岁，
爱情万岁

不要有什么顾虑，放心大胆地去吧！

春天的心

春天的心活在春天的人的身体里。

春天的心是活跃的，生气蓬勃的，充满了活着的力量。春天使人爱生活：看呀，桃花的骨朵，柳枝的嫩芽，牛毛似的小雨帘子般地挂着，一切多美。生活本身是可爱的呀。听呀，池水的潺潺像低唱一首甜蜜的恋歌，晨鸟的啾啾像喁喁的情话，远处的孩子们唱了：

青草生

花儿红

斜织细雨里

老牛驮着牧童⋯⋯

这嘹亮的歌声使春天的心朦胧了，沉醉了。

嗅呀！翘起鼻子，刚下完雨的潮湿气息，钻进你的鼻孔，使你的心痒痒的。玩吧，跳吧，高歌吧，舞蹈吧，暂时忘掉你的痛苦。我们都是小孩子，应该有小孩子的心，而小孩子的心便是春天的心呀！

春天的心又是懒洋洋的一股子劲儿。朋友，你可晒过春天的太阳？倚着树、靠着墙，闭上眼睛，让金黄色的太阳从头至脚抚摸你，你感到和暖，你感到舒适，身子散了，软了，像棉花一样；身子轻了，没有丝毫重量。于是你的身躯自然地摇摆着，飘，飘，飘到天空里，坐在白云上，和云雀一同唱歌，和风筝一同跳舞。说起风筝，你可常听到风筝铜铃寂寞的嗡嗡的声音？还有远处的空竹声也是相像的。它使你每个细胞都酥软了，它使春天的心荡漾在那声波里。听到之后你或者便颓然卧在草地上，让小野花的黄蕊洒在你的鼻孔里；你或者会兴奋地跳起来，喊着说："我们生活在春天里，我们生活在阳光里，我们生活在春天的阳光里！"本来嘛……

春天的心是美好的，善良的，纯洁。因为美以大自然的为最美，而大自然的美表现在春天。你知道春山：远望苍翠欲滴，郊外踏青便是为了欣赏春山呀。你知道春水：

"风乍起，吹皱一池春水"。你知道春花春草，流行歌曲不是这样唱吗："春天的花，是多么的香"；通俗的对子，不是这样写吗："又是一年芳草绿，依然十里杏花红"。你知道春雨："帘外雨潺潺，春意阑珊"，"细雨梦回鸡塞远，小楼吹彻玉笙寒"。你知道春宵："今夜偏知春气暖，虫声新透绿窗纱"以及什么"月移花影上栏杆"……好了，这些歌颂春天的句子是实在写不完的；人在这美的结晶里，丑恶的会变成美善，污浊的会变成纯洁。春天本身便是诗，何待写她在纸上？而春天的心，便是诗里的诗了。

虽然如此，春天的诗和含苞待放的春花一样，和刚伸出头来的草一样，是幼稚的，是脆弱的。她是才入世的小娃娃，而不是千锤百炼的勇士；她是呢喃倩舞的小燕，而不是在狂风暴雨里挣扎的海燕；她是小花而非大树，诗歌而非枪炮（请恕我这句话似乎包括对诗歌的不敬）。但是，春天要被更成熟、更热情、更坚强的夏天代替，春天的心也变成钢铁的心了。

1948 年

故乡行

——重访巴彦岱

我又来到了这块土地上。这块我生活过、用汗水浇灌过六七年的土地上。这块在我孤独的时候给我以温暖，迷茫的时候给我以依靠，苦恼的时候给我以希望，急躁的时候给我以慰安，并且给我以新的经验、新的乐趣、新的知识、新的更加朴素与更加健康的态度与观念的土地上。

高高的青杨树啊，你就是我们在一九六八年的时候栽下的小树苗吗？那时候你幼小、歪斜，长着孤零零的几片叶子，牛羊驴马、大车高轮，时时在威胁着你的生存。你今天已经是参天的大树了，你们一个紧靠着一个，从高处俯瞰着道路和田地，俯瞰着保护过你们、哺育过你们、至今仍在辛勤地管理着你们的矮小的人们。你知道谁是当年那年老的护林员？你知道谁将是你们的精明强干的新主人？你可知道今天夜晚，有一个戴眼镜的巴彦岱——北京人万里迢迢回到你的身边，向你问好，与你谈心？

赫里其汗老妈妈，今夜您可飘然来到这里，在这高高的青杨树边逶巡？您是一九七九年十月六日去世的，那时候我正住在北京的一个嘈杂的小招待所里奋笔疾书，倾吐我重新拿起笔来的欢欣，我不知道您病故的凶信。原谅我，阿帕，我没有能送您，没有能参加您的葬礼，您的乃孜尔。乃孜尔，这里指人死之后举行的祭奠仪式。那六年里，我差不多每天都喝着您亲手做的奶茶。茶水在搪瓷壶里沸腾，您坐在灶前与我笑语。茶水对在搪瓷锅里，您抓起一把盐放在一个整葫芦做成的瓢里，把瓢伸到锅里一转悠，然后把一碗加工过的浓缩的牛奶和奶皮子倒到锅里，然后用葫芦瓢舀出一点茶水把牛奶碗一涮，最后再在锅里一搅。您的奶茶做好了，第一碗总是端在我的面前，有时候，您还会用生硬的汉语说："老王，泡！"我便兴致勃勃地把大馕或者小馕，或者带着金黄的南瓜丝的苞谷馕掰成小小的碎块，泡在奶茶里。最初，我不太习惯这种我以为是幼儿园小孩所采用的掰碎食物泡着吃的方法，是您慢慢把我教会。看到我吃得很地道，而且从来不浪费一粒馕渣儿的时候，您是多么满意地笑起来了啊！如今，这一切还都历历在目呢。可您在哪里，您在哪里呢？青杨树叶的喧哗声啊，让我细细地听一听，那里边就没有阿帕呼唤她的"老王"的声音吗？

笔直的道路和水渠，整齐的、成块的新居民点，有条有理，方便漂亮。六十年代中期自治区党委提出的好条田、好林带、好道路、好渠道、好居民点的"五好"的要求，关于建设社会主义新农村的号召，如今在巴彦岱不是已经实现了吗？根据规划建设的要求，我和阿卜都热合曼老爹、赫里其汗老妈妈住过的小小的土房子已经拆掉了，现在是居民区的一条通道。当年，我曾住在他们的一间不到六平方米的放东西的小库房里，墙上挂着一个面箩、几把扫帚和一张没有鞣过的小牛皮。最初我来到这个语言不通的地方，陪伴我的只有梁上的两只燕子。我亲眼看见燕子做窝、孵卵，看见它们怎样勤劳地哺喂那些叽叽喳喳的小燕子。在小燕子学会飞翔的时候，我也已经向维吾尔农民的男女老少（包括四五岁的孩子）学了不少的维吾尔语了。我们愈来愈熟悉、亲热了，按照你们的古老而优美的说法，你们从燕子在我住的小屋里筑巢这一点上，判定我是一个心地善良的人。于是，你们建议我搬到正屋里，和你们住在一起。我欣然接受了。从此，我们一起相聚许多年，我们的情感胜过了亲生父子。亲爱的燕子们哪，你们的后代可都平安？你们的子孙可仍在伊犁河谷的心地善良的农民家里筑巢繁养？当曙色怡人的时候，你们可到这青杨树上款款飞翔？

阿卜都热合曼老爹啊，我们又重逢了。在那些年，我把我的遭遇告诉了你们。您那天沉默了许久，您思索着，思索着，然后，您断然说："老王，不会老是这样子的。请想一想，一个国家，怎么能够没有诗人呢？没有诗人，一个国家还能算是一个国家吗？元首、官员、诗人，这是任何一个国家都不能缺少的。老王，放心吧，政策不会老是这个样子的。"您没有文化，您不会写自己的名字，您不懂汉语，没有看过任何书，然而，您是坚定的。您用您自己的语言，表达了您的信心，对于常识，对于真理，对于客观规律总比任何人的个人意志强大的信心。如今，您的信心应验了：诗人和作家在我们的国家受到了应有的关心和爱护。排斥诗人、废黜诗人的年代终于一去不复返了，而您，也已经老迈了……

还有二大队的支部书记阿西穆·玉素甫。一九七一年，我离开巴彦岱前去乌鲁木齐"听候安排"的前夕，阿西穆同志对我说："不要有什么顾虑，放心大胆地去吧！如果他们（指当时乌鲁木齐的有关部门）不需要你，我们需要你。

如果他们不了解你，我们了解你。你随时可以带着全家回来，你需要户口准迁证，我这里时刻为你准备着。你需要房屋，我们可以立刻划出九分地，打好墙基。一切困难，我们解决。"这真是披肝沥胆，推心置腹！巴彦岱的父老兄弟呀，在我最困难的时候，你们给过我怎样巨大的支持和鼓励！古人说，"人生得一知己足矣"，而在巴彦岱，成百上千的贫下中农都是我的知己！在最困难的时候，最混乱的时候，我的心仍然是踏实的，我仍然比较乐观，我没有丧失生活的热情和勇气。至今有人称道我四十七八岁了还基本上没有白发，说我身体好。其实，我的青少年时期身体状况是很糟糕的，为什么经过了那么多动乱和考验以后，我反倒更结实也更精神了呢？那是因为你，你们——阿卜都热合曼、依斯哈克、阿西穆·玉素甫、阿卜都克里木、金国柱、艾姆杜拉、满素艾山……你们支持我，帮助我，知己知心，亲如父子兄弟，你们给了我多少温暖和勇气！不是吗？当我来到四队庄子上，看望依斯哈克老爹的时候，他激动得哭个不停。心连心，心换心啊！此意此情，夫复何求？

　　慢慢地在青杨掩映的乡村大路上前行吧，每一株树，每一个院落，每一扇木门，每一缕从馕坑里冒出来的柴烟，每一声狗叫和鸡鸣都会唤起我无限的怀念。清清的小渠啊，多少次我到你这里挑水？阿帕是贫寒的，她的水桶一个大一个小，她的扁担歪歪扭扭，严格说来那根本不能叫扁担，因为它一点也不扁，而是一根拧了麻花的细棍子。那东西压在肩膀上，才叫闹鬼呢，它好像随时要翻滚，要摆脱你的手心……就是这样，我用它挑了多少水啊。而当枯水季节，或者当小渠被不讲道德的个别人污染了的时候，我就要沿着田埂向北走上三百多米，从另一处渠头挑水了。给房东大娘把水挑满，这也是党的传统，党的教育，党的胜利的源泉啊，我能够忘记吗？即使我住在冷热水龙头就在手边的地方，我能忘记这用麻花扁担挑着大小水桶走在巴彦岱的田野上的日子吗？

继续往前走，就是原来的大队部了。我不由得想起一九六五年到一九六六年，我们每天早晨天不亮就聚集在这里"天天读"的情景。我把"天天读"变成了学习维吾尔语的好机会，我认真地背诵着"老三篇"的维吾尔译文，并且背下了上百条"语录"译文。一方面做学生，一方面又担任教维吾尔新文字的"先生"，有许多个早上我在这里给大队干部教授拉丁化的维吾尔新文字。那齐声朗诵A、B、C、D的声音，还在这里回响着吗？

当然，原来的大队部也使我想起那阴暗的日子，一阵"炮轰"以后的半瘫痪状态，"一打三反"时候的恐怖气氛……这些，已经成为往日的陈迹了。我会见了艾姆杜拉和司迪克，艾姆杜拉已经被落实了政策，担任巴彦岱中学的教员，一家十一口，也转为吃商品粮的了。"你现在和队上没有什么关系了吗？"我问。"呵，如果我给队上缴一车肥料，队上就给我一车麦草。"他笑着说。而曾被捆绑和殴打过的司迪克呢，他骄傲地把他新盖的高台阶、宽前廊的房屋指给我看，端来了自己栽植收获的葡萄、梨……劳动者的心地是最宽阔也最厚道的，我们共同引用着维吾尔族的谚语：男子汉大丈夫总要经受各式各样的磨难的。沉重的回忆就这样被欢畅的笑声冲刷过去了。

巴彦岱的农民弟兄们，你们终于安定了，轻松了，明显地富裕起来了。孤儿出身的曾是穷苦的光棍儿的阿卜都克里木啊，你现在也有三间正房、上千元的存款、自行车、手表、驴车并且饲养着牛、鹿、驴了。你包了十一亩菜地，和你精明的妻子一起种植管理。当年我曾经多少次睡在你的独间土房里，睡在你那个只有架子没有床板，用向日葵秆托着我的身躯的歪歪扭扭的床上，共同诉说着生活的艰辛和期望啊！今天，我又睡到你这间房子里来了，你用伊犁大曲、爆牛肉、炒鸡蛋和煮饺子来招待我。曾经教会我扬场、自称是我的师傅的金国柱也来了，他拿着酒杯向我祝酒说："如果不替我们说话，我们就把你拉下来！"善于经营理财的穆成昌也来了，问我："农村的政策不会变吧?"为什么要变呢? 符合人民心愿的，有利于生产发展的政策，要靠我们自己来贯彻啊! 巴彦岱的各个大队，正在进一步落实责任制，把责任包到每户、每个劳动力身上。大家都说，真能这样搞下去，就会搞好了。难道可以不搞好吗? 我们已经付出了那么多代价，那么多时间!

中秋刚过，明月出天山，天山上的月亮才是最亮、最无尘埃的啊! 但愿我们的生活，我们每个人的心像天山上的明月一样光亮饱满。月光下的新居民点，房屋和庭园，属于社员个人的房前屋后的树木，堆积着的饲草饲料，还有不时发出哞哞声的牛吼马嘶，显示出多少希望! 过去大队干部为购买一辆货运卡车绞尽了脑汁，现在，大队已经拥有两辆这样的汽车了。过去收割的时候靠马拉机具和人工，现在主要靠康拜因了。过去轧场的时候靠马拉石磙子，现在主要靠手扶拖拉机了。过去粮食加工靠水磨，现在在拥有更大的水磨的同时，电磨已经占据重要的位置了。过去送信时骑马，现在邮递员都备有崭新的挎斗摩托车了。过去谁家里有个半导体收音机就会引起轰动，现在，一些社员的家里已经有了收录两用机，有了沙发、大衣柜、五斗橱和捷克式写字台，还有的社员已经提前买下了电视机了(伊犁的电视台正在建设中)。不管有多少挫折和失望，我们生活的洪流正像伊犁河水一样地滚滚向前。

我又来了。我又来到了这块美好的、边远的、亲切的和热气腾腾的土地上。愿已经与世长辞的赫里其汗妈妈、斯拉穆老爹、阿吉老爹、穆萨子大哥安息！愿年老的阿卜都热合曼老爹、马穆提和泰外阔老爹在公社的照料下安度晚年。愿还在工作岗位上的阿西德、金国柱同志实现自己的抱负，做出成绩！愿当年的小孩子，现在的青年人能过上远胜于上一代的更加富裕更加文明的生活！巴彦岱的一切，永远装在我的心里。

是的，我没有忘记巴彦岱，而巴彦岱的乡亲们也没有忘记我。当依斯麻尔见到我的时候，他不是立刻提醒我，当年，是我给他写的结婚请帖，我帮他上的房泥；而我也立刻回忆起，那时他的夏日茶棚不是在南面而是在北面，他曾经有过一头硕大的黄毛奶牛。当那时的小姑娘、现在的三个孩子的母亲塔西姑丽见到我的时候，不是立刻问候我的妻子和我的孩子们吗？当吐尔迪、穆成昌……见到我的时候，不是还询问我的那辆因破烂而在巴彦岱有名的自行车和黄棉衣的下落吗？他们不是绘声绘形地回忆起我在哪块地上锄草，在哪块地上收割，怎样撒粪，怎样装车吗？无怪乎曾经担任大队会计、现在担任公社财会辅导员的小阿卜都热合曼库尔班对我说："我不知道王蒙哥是不是一位作家，我只知道你是巴彦岱的一个农民。"没有比这更好的褒奖了！好好地回忆一下那青春的年华，沉重的考验，农民的情谊，父老的教诲，辛勤的汗水和养育着我的天山脚下伊犁河谷的土地吧！有生之日，一息尚存，我不能辜负你们，我不能背叛你们，不管前面还有什么样的胜利或者失败的考验，我的心是踏实的。我将带着长逝者的坟墓上的青草的气息，杨树林的挺拔的身影与多情的絮语，汽车喇叭、马脖子上的铜铃、拖拉机发动机的混合音响，带着对维吾尔老者的银须、姑娘的耳环、葡萄架下的红毡与剖开的西瓜的鲜丽的美好的记忆，带着相逢时候的欣喜与慨叹交织的泪花、分手时的真诚的祝愿与"下次再来"的保证，带着巴彦岱的盛情、慰勉和告诫，带着这知我爱我的巴彦岱的一切影形声气、这巴彦岱的心离去，不论走到天涯海角……

1982年1月

落　叶

人说自己的作品是结成的果实，我却觉得，我的作品像一片片落叶。一年年落叶。一阵阵落叶。

春天，叶芽萌发，渴望生长，汲取养分，迎接阳光。夏天，日趋丰满，摇曳自语，纷披叠翠，自在茁壮。而小树成为大树、老树，就靠了这些树叶而呼吸，而做梦，而伸展自己的向往。

等到秋天，一片树叶又一片树叶犹豫不决地与树干商量：我完成了吗？我可以走了吗？我渴望乘风飞去，海阔天空，被心爱的知音拿去珍藏。我又怕我们去了，使母亲树干凄凉。

树干说：去吧，去吧。我已经尽到了我的力量。你们是无法挽留的呵，纵然与你们告别使我神伤。你们应该去接受命运的试炼。

一片又一片的落叶落下了，它们曾经是树的。现是也还是树的，却又不是树的了。

它们是它们自己。是树的过往的季节，过往的尝试，过往的儿女。又是大地的新客人，新的星外来客，新的友人。

它们也许因陌生而受疑惑的冷眼。它们也许因平凡而受不经意的遗忘。它们也许被认为枯干而被一根火柴点燃，点燃中发出短暂的烟和光。它们也许被认为美丽而藏在情人的心上。它们也许跌入烂泥而遭受践踏，终于肥了土地。它们也许被一阵大风吹入异乡。它们也许进了科学家的实验室，做成切片，浸入药液，再放到显微镜下观察分析。而过多的树叶也许会引起清洁工的腻烦，用一把大扫帚通通地把它们扫到大道旁。

太多的树叶会不会成为自己的负担呢？太多的树叶会不会使树干弯腰低头，不好意思，黯然神伤？太多的树叶会不会使树大发奇想：我为什么要长这么多的树叶呢？它们过分地消耗了我的精力和思想。如果在我这棵树上长出的不是平凡的树叶，而是匕首、外汇券、奶油或者甲鱼，是不是能够派更多的用场？

树不会愿意处在自己落下的树叶的包围之中，树不会愿意再看自己早年落下的树叶。树又不能忘怀它们，不能不怀着长出新的树叶的小小愿望。

一九八八年秋十月在苏州，我问陆文夫兄："当你看自己的旧作的时候，你有什么感想？可像我一样惆怅？"

他回答说："我根本不敢看哟……"

落叶沙沙，撩人愁肠。

1989年1月

又见伊犁

离开新疆后，一九八一年我曾返回伊犁，并且去了尼勒克牧区。这次经过九年再来，相隔的时间不算短也不算长。当飞机飞越天山的时候，也许可以说有点激动。我只是说"有点"，因为这一切似乎驾轻就熟。同样的天空，同样的航线，同样的噪音很大的安-24飞机，别来无恙的山山水水……这里没有任何不寻常的地方。

一下飞机就立刻感到了伊犁的宁静与清新。与乌鲁木齐相比，伊犁有一个更长的秋天，空气中弥漫着一种爽利的秋意，树叶正在变黄，天气稍稍凉一点，我的呼吸变得格外轻松和舒适……朋友们热情地向我介绍伊犁的变化，新的高楼大厦，新的柏油路面，新的商店市场。但我更愿意说伊犁没有变，不变的是她的悠然与安适，不变的是她的透明的秋天。就连新增加的许许多多的"六根棍"马车，我觉得与其说是新添，不如说是回复，我从它们那里获得的是一种怀念的旧情。

看看老邻居、老住所，也是一番无言的感慨。绿洲俱乐部对面的解放路二巷巷口已经认不出来了，找不到活渠，老杨树也被砍伐了许多。原来我们住过的第二中学的教工家属宿舍纷纷自己围起了院墙，那时候就无人照料的几株小苹果树已经无存，而人仍无恙。一个又一个的老师都见到了，眼泪涌了出来。有两个老师曾经与我一起在一个寂寞的春节开怀痛饮，现在一个已经大大地发福而豪迈的风度依旧，另一个却使我未能辨认出来。一个老师因为不知什么罪名而在那时不能任教，他赶着马车为大家运煤炭，皮里青、察布查尔、干沟、铁厂沟的煤矿成为他常常出没的地方。如今，平了反，退了休，也算是安度晚年吗？他流泪了，我们也流泪了。

还有那个躲武斗时居住过的新华西路"大杂院"，房东老太太和她的长子已经去世，她的孙媳妇住的正是我们当年的房子。另一家的小孩子早已长大成人，我们看到的是他的媳妇和酷似当年的他自己的孩子。时光果然已经流过那么多那么多吗？逝者长已矣，生者独恻恻，"别来无恙"。

"别来无恙"并不容易，"别来无恙"又是怎样珍贵的欣慰！

不要说巴彦岱了。那是承受不了的回忆、友情、温暖与挂记。老书记已经退休，他的院子里堆满了金黄的玉米。他站在院门口寻找我，我说："在这呢！"走进院子，我说："你这几间房子，还是原来的吗？""当然了。"他答。"你这房梁，还是我帮着上的呢。"我回忆起了给他上房梁的事。

我的老房东仍然健在。他的家里也挂上了颜色鲜艳的挂毯和腈纶毛毯。而在庄子，另一家老房东与房东大娘已经谢世。他们的儿媳妇与我抱头大哭。是哭逝去的时光与逝去的长辈吗？是哭这终于又见面了的欢欣？在他家的墙壁，还挂着我一九八一年来时与他们全家包括逝者的合影呢。

也许这并不算记忆的恢复，因为记忆从来未曾消失。也许这不算时间的衔接，因为一九七三年我们就从伊犁搬走了。再来，再多来，我们毕竟已经不能朝夕相处，我们各自有各自的天地、各自的忧乐。也许这也算不上叙旧，因为热情的招待，"堵住嘴"的食品和众多的乡亲使我们很难认真地说点什么。然而，为什么我又觉得我们是这样地互相了解、默契、知心！没有说出的话也许比说出的话更透亮，没有交流的回忆也许比已经交流的回忆更深刻地深藏在我们的心中！我们之间已经不需要说更多的话了，伊犁的乡亲啊，知我爱我，这不是几句话可以表达的。

　　与其说是激动，不如说是平静。伊犁这块土地是实在的，人们的日子越过越好，伊犁的丰姿越来越美，伊犁的友人永远那样友好和热情。我从来没有离开过伊犁，想离也离不开。就让伊犁成为我永远的思念、永远的慰安、永远的镜鉴吧，我还要歌唱你的，你是我永远的歌。我常常遗憾而且急躁，我在伊犁那么多年，怎么没学会一首道地的伊犁民歌呢？比如那首《黑黑的眼睛》，我听人唱过不知多少次，我为之沉醉，为之落泪，为什么至今没有学会唱它呢？我觉悟到，这是一个启示，一个象征。关于伊犁的歌，还要慢慢地学，慢慢地唱呢。我要学唱伊犁的歌，又舒缓又热烈，又迂回又开阔。我要永远问自己，怎么样才能惟妙惟肖地歌唱伊犁？

1991 年 1 月

新疆的歌

黑黑的眼睛

在遥远的伊犁，几乎每一个本地人都会唱《黑黑的眼睛》这首歌，几乎每一次喝酒的时候都要唱这一首歌。

喝酒和唱歌这二者，从声带医学的观点来看是互相排斥的，从情绪抒发的角度来看却是一致的。

第一次听到这首歌是一九六五年冬天，在大湟渠渠首——叫作龙口工程"会战"的"战场"。我与农民们一起住在地窝子里。那里临时开设了几个食堂。寒冬腊月，食堂的厚重无比的棉帘子外面挂满了冰雪，也许不是雪而是霜，食堂里的水汽从帘子边缘逸出来，便凝结成霜。掀开这沉重得惊人的门帘，简陋的食堂里热气弥漫、灯光昏暗、烟气弥漫、肉香弥漫。更重要的是歌声弥漫，歌声激荡得令人吃惊，歌声令人心热如焚，冬天的迹象被歌声扫荡光了。

在关内的时候，我们也听过一些新疆歌曲。但是伊犁民歌自有不同之处，它似乎更散漫，更缠绕，更辽阔，没有开头也没有结尾，抒不完的感情联结如环，让你一听就陷落在那里，痴醉在那里。

从此我爱上了伊犁民歌。在伊宁市家中，常常能有机会深夜听到《黑黑的眼睛》的歌声。是醉汉吗？是夜归的旅人？是星夜赶路的马车夫？他们都唱得那么深情。在寂寥而寒冷的深夜，他们用歌声传达着对那个永远的长着"黑黑的眼睛"的美丽的姑娘的爱情，传达着他们的浪漫的梦。生活是沉重的，有时候是荒芜的，然而他们的歌是热烈的，是愈加动情的。

后来我有几次与农民弟兄们一起喝酒唱歌的经验。我们当中有一位歌手，他是大队民兵连长，叫哈里·艾迈德。他一唱，我们就跟，随着每一句的尾音，吐出了无限块垒。我傻傻地跟着唱，跟着唱，却总觉得跟不上那火热的深沉与辽阔的寂寞。

也有时候我不跟着唱，只是听着，看着哈里和别的人们的那种披心沥胆地唱歌的样子，就觉得更加感动。

一九七三年我离开了伊犁，一九七九年我离开了新疆。

一九八一年中秋节前后我重访伊犁，诗人铁依甫江与我同行。为了将《蝴蝶》改编成电影的事，长春电影制片厂的一位导演不远万里跑到伊犁去找我。一天晚上，我们一同出席伊宁市红星公社在西公园附近的一次露天聚会。饮酒之际，请来了民间的盲艺人司马义尔，他弹着都塔尔，唱起了歌，当然，首先唱的仍然是《黑黑的眼睛》。

他的声音非常温柔。他的歌声不是那么强烈，却更富有一种渗透的、穿透的力量。那是一首万分依恋的歌，那是一种永远思念却又永远得不到回答的爱情，那是一种遥远的、阻隔万千的呼唤，既凄然又温暖。能够这样刻骨铭心地爱，刻骨铭心地思恋的人有福了，能唱这样的歌，也就不白活一世了！看不见光明的歌手啊，你的歌声里充满了对光亮的向往和想象！在伊犁辽阔的草原上踽踽独行的骑手啊，也许你唱这首歌的时候期待着人群的温暖？歌声是开放的，如大风，如雄鹰，如马嘶，如季节河里奔腾而下的洪水。歌声又是压抑的，千曲百回，千难万险，似乎有无数痛苦的经验为歌声的泛滥立下了屏障，立下了闸门，立下了堤坝。

一声"黑眼睛"，双泪落君前！他一唱我的眼泪就流出来了！

伟大的维吾尔诗人纳瓦依说过："忧郁是歌曲的灵魂。"这又牵扯到一个民族的性格问题来了。你为什么那么忧郁？由于干旱的戈壁沙漠吗？你的绿洲滋润着心田。由于道路遥远音信难传吗？你的好马和你的耐性使你们的交往并不困难。由于得不到心上人的呼应、得不到知音吗？你的歌、你的舞、你的饮酒又是那样的酣畅淋漓。而你的幽默更是超凡入圣。

快乐的阿凡提的乡亲们，却又有唱不完的"黑眼睛"的苦恋。

我没有解开这个谜。虽然我标榜自己对新疆，对维吾尔人的生活、语言、文字颇有了解。我至今学不会这个歌。虽然我喜欢唱歌，粗通乐谱，会唱许多歌，自信学歌的能力不差，那么熟悉，那么想学，却仍然不会唱。也怪了。

就让我唱不好、唱不出这首《黑黑的眼睛》吧。唱不好，但是我知道她，我爱她，我向往她。小小的一声我就能从万千音响中辨识出她。她就是我的伊犁，她就是我的谜一样的忧郁。至少是因为告别了伊犁，至少是因为它是唯一的我又喜爱又熟悉又至今唱不成调的歌儿。

阿娜尔姑丽

以喀什噶尔为中心的南部新疆的歌儿与以伊犁为中心的北疆的歌儿有很大的不同。如果说北疆民歌的代表是《黑黑的眼睛》的话，那么，南疆民歌的典型则是《阿娜尔姑丽》。"阿娜尔姑丽"的意思是石榴花，而这又是一个在南部新疆常见的姑娘的名字。这个名字很美。电影《阿娜尔罕》的主题歌就是根据民歌《阿娜尔姑丽》整理、配词而成。歌一开始便唱道："我的热瓦甫琴声多么响亮，莫非装上了金子做成的琴弦？"而民歌的起始两句，据我所知的一个版本是这样的："夜晚到来我睡不着觉呀，快赶开巢里的乌鸦，啊，我的人！"最后一个词是bala，是孩子的意思，这里叫一声孩子，类似英语中的baby，是一种昵称，故译作"我的人"。

以《阿娜尔姑丽》为代表的南疆民歌似乎更具有节奏感，人们唱这些歌的时候似乎正迈着沉重有力的步子，似乎正在漫漫沙石戈壁驿道上长途跋涉。四周杳无人迹，远山上雪光晶莹，干枯的柴草在风中颤抖，行路者的歌声坚毅而又温情，我好像看到了歌者的被南疆的太阳烧烤成了酱紫色的脸庞。

也许他们是骑着骆驼唱这些歌的吧？在"沙漠之舟"上，他们体验着大地的辽阔、荒芜、寂静与神秘；他们也体验着自己内心的火焰的跳动、炽热、熬煎和辉耀。他们已经漫游了许多日日夜夜。他们已经寻求了许多岁岁年年。他们已经创造了许多城市乡村。他们热烈地盼望着更多的人间的情爱。

我永远不会忘记我第一次受到这样的歌声的冲击的情景。那是在叶尔羌河东岸、塔克拉玛干沙漠西缘的麦盖提县，一九六四年，我住在县委招待所，准备去洋达克乡。招待所正在盖房子，每天早晨八时以后，来自农村的临时建筑工开始上班。有两个年轻的女人，她们不紧不慢地用抬把子抬砖，一边装卸，一边走路，一边大声唱歌。她们唱的是《阿娜尔姑丽》，她们的唱歌就像呐喊一样的自然、朴素、开阔、痛快，她们的唱歌就像呼唤一样响亮、多情、急切、期待着回应，她们的唱歌又像是一种挑战、放肆的发泄，自唱自调，如入无人之境。她们戴着紫红色的小帽，穿着红色的裙子，红色的裙子下面还有绿色的灯笼裤。这歌声响彻一个上午，中午稍稍歇息，又一直唱下去，唱到太阳快要落山。她们的精力，她们的热情，她们的喉咙里，似乎都有着无尽的蕴藏。

即使是生活在城市中、生活在忙乱中、生活在纷扰与风霜雨雪中也罢，想起这样的歌，能不为那股热流而心潮激荡么？

1991年3月

湖

我喜爱湖。湖是大地的眼睛。湖是一种流动的深情。湖是生活中没有被剥夺的一点奇妙。早在幼年时候，一见到北海公园的太液池，我就眼睛一亮。在贫穷和危险的旧社会，太液池是一个意外的惊喜，是一个奇异的温柔，一种孩提时的敞露与清澈。

我常常认为，大地与人之间有一种奇妙的契合。山是沉重的责任与名节的矜持。海是渺茫的遐思与变易的丰富。沙漠是希望与失望交织的庄严的等待。河流是一种寻求，一种机智，一种被辖制的自由⋯⋯

那时候我没有见过海，颐和园的昆明湖对于我来说已经是浩浩然荡荡然的大水了。我每去一次颐和园，都要欣赏昆明湖的碧波，惊叹于湖水的美丽与自身的渺小。

是的，湖是一种美丽，是一种情意。为了陆地不那么干枯，为了人的生活不那么疲劳，为了把凶恶的海控制起来，把生硬的地面活泼起来，为了你的眼睛与天上的月亮——你不觉得看到地面上的一个湖泊就像看到天上的一个月亮一样令人欣喜吗？为了短暂的焦渴的生命中不能或缺的滋润，于是有了湖。

北京的西山风景区是很美的，但是太缺少湖水了。这样，对香山静宜园"双清"的池水，对小小的儿童乐园式的眼镜湖，我自然是情有独钟。一见到这样的水波荡漾，脸上不由得出现衷心的笑容。

后来到了新疆，那就开了眼啦。在乌鲁木齐与伊犁之间的天山深处，著名的高山湖泊赛里木湖曾经怎样的令人眼界开阔呀！湖水是咸的，一望无际，湛蓝如玉。盘山公路傍湖而过，无数拉运木材、粮食、水泥、钢筋、百货的重型卡车从湖边走过。四周是长满枞树的高处终年积雪的山坡。时而有强劲的风自由地吹过。我在这里，感觉到一种庄严，一种粗犷，一种阔大。我不能不庆幸我终于离开了大城市，离开了那一个区一个胡同一处房子。我面对着的是一个严峻的、带几分神秘和野性的世界。这个世界里有一个巨大而晶莹的咸湖，它冷静而又尊严，凛然而又高耸地存在着。你觉得你其实只能向往它却很难有机会去亲近它。

在天山南麓的焉耆与库尔勒之间,有一个大湖——博斯腾湖,浩渺无际,芦苇丛生,坐着汽艇穿来穿去也见不到岸。据说有一个外国的总理看展览的时候看到博斯腾湖的照片甚感惊异,他说:"新疆不是不靠海吗?"博斯腾湖宛如内陆的海,那是远古时代的海的遗留,那是对于远离大海的新疆的特殊的慰安。

在阿尔卑斯山的脚下,在芝加哥的北边,在布加勒斯特的市区,在高原墨西哥城近郊,我造访过许多湖泊。我流连忘返,我抱怨自己只能匆匆邂逅,匆匆离去,我太对不起上苍的得意创造与生活给予我的机缘。

而珠海斗门的白藤湖呢?它是一九九三年六月走入我的记忆的。这是又一种心绪,又一番风趣。它是那样亲切随意,那样为人所有为人所用。它是一种景观更是一种资源,它是一种大自然的慷慨,也是特有的风水——它象征着斗门人的、白藤湖人的无限发达的可能。度假村的修建已经开辟了新的历史。白藤湖是更加人化的湖,人化的自然。一九九三年我有幸在这里居住了若干天。居住在白藤湖,我觉得舒适而又平安。我觉得发展其实并不难,生活其实也不是那么难。只要好好地做,只要不把力量放在破坏上。只要我们变得更近人情一些，更简单一些。只要我们多一点美好的祝愿，少一点恶狠狠的狼眼。

1994年4月

靛蓝的耶稣

当然，在欧洲旅行的时候，你到处都会看到教堂，看到圣母和耶稣的画像、雕像，看到早已经成为信仰与终极关怀的象征的十字架。教堂的气氛永远是肃穆、安详的，圣像的情致永远是高贵、清洁的，进出教堂的人们的表情永远是虔诚、良善的，而教士们的仪表永远是慈祥、谦逊的。也许这样的教堂对于极其世俗化物欲化的生活是一个很好的补充和调节，如果没有这样的教堂，会不会增多许多罪犯与疯子呢？

教堂的主要英雄是耶稣，耶稣由于被钉在了十字架上而至今令人感动不已。一九九四年我在当时旅居美国的儿子那里，听到过一个教士复活节上门讲道。他用夸张的与浑厚的声音问道："耶稣是为了谁死的？"然后他扫视了一下众人，大喝一声："为了你！为了我！为了他！为了她！为了我们大家！"然后他开始募捐，他说自己要到捷克与斯洛伐克去，拯救那边的人众的灵魂。

各教堂里的耶稣像中有他在马厩里诞生的场面，有在圣母怀里的场面，有到处传教与呈现奇迹的故事场面，有"最后的晚餐"，等等。但更多的最具代表性的是钉在十字架上的图景：残酷，痛苦，悲哀，升华，超凡入圣。这里，被残忍地钉死的耶稣的神态是非人间非世俗的，他的脸面有一种平静和超脱的凝结，他的身体有一种伸展和奉献的大度，他的胡须有一种化解和顺通的引导。耶稣的样子与其说是一个被屠杀者受毒刑者，不如说是一个拯救者升腾者。我们现在常常讲什么超越自我，耶稣的形象是典型的超越自我的形象。那里具有的是拯救的使命与怜悯，回归天父那边去的安宁与自然，是一种拯救世人的必然、伟大牺牲的广阔与挚爱，是求仁得仁、足慰吾生、得其所终的最后的归宿。耶稣在被钉上了十字架以后，便上升到了永恒的天国，便离开了尘凡，进入了另一个境界。这样的十字架上的耶稣总会吸引你驻足蹙眉，低头默哀，思索叹息，追寻基督教的奥秘，生与死的疑问，十字架的内涵……哪怕你并非教徒也罢。无神也有生死，有追问，有战栗，也有盈眶的热泪。

　　然而，在柏林西部的著名大教堂里，你看到了另一个耶稣，"他"被孤悬在迎面的蓝色镶拼玻璃墙上，在一片靛蓝的幽光映衬下，他低垂着再没有任何力量与情感，没有任何风息与波澜能够发生的头颅；树全静，风不起，他的身体松弛瘫痪，再没有任何痉挛反射哪怕是本能反应的遗迹，没有任何挣扎奋斗最后一搏或些微的痛楚；十字架上的耶稣在这里如同一个空荡的口袋，悬挂在万有已经寂灭坏死的空洞里。他表现为绝对的悲哀，故而不再悲哀，再不悲哀；表现为对人类的彻底失望，故而不再失望，再不失望；他表现为刺身刺心的疼痛，故而不再疼痛，再不疼痛。他没有神性，没有使命，没有信念，没有博爱，没有牧羊人对于羔羊的怜惜，没有拯救的责任与可能，没有复活的力量，没有天国的憧憬慰安，没有献身的充实的悲剧感，没有天父的依仗和盼头。总之，除了悲哀除了痛苦，除了失望除了绝望，他已经什么都没有，于是连失望绝望悲哀痛苦也已经蒸发净尽。

　　你从来没有见过这样悲痛或不悲痛的耶稣。这是一个被打倒了的被战败了的被消灭了的耶稣。耶稣还有遗体，还有躯壳，但已经没有了前途没有了目标没有了大愿（天主教用语，略同誓言）没有了能力。耶稣已经不是耶稣。

那么，请问是哪一个撒旦把耶稣毁成了这个样子？可惜，耶稣的敌人不是魔鬼，不是犹大，不是法利赛人，不是邪教徒异教徒，而是人。

这样的耶稣是耶稣对人类的控诉，这样的耶稣是耶稣对人类的辞别文书。你无法不为这耶稣的痛苦而痛苦，你想到人类的罪孽，人类的不知自爱，人类的互相残杀，人类的贪欲、自我膨胀、自欺欺人、冥顽不灵、丑恶下流，人类自己制造了而且继续制造着正在使自己灭种使世界毁灭的奇灾大劫。你想到这个教堂是建造在柏林，建造在二次世界大战结束不久的战败国德国，建造在给人类带来罪恶的屠杀的法西斯的故乡，建造在二次世界大战的废墟里。它理应是这样，它只能是这样！就在隔壁，是战争中毁于轰炸的原柏林教堂遗址，德国人正确地决定不拆迁也不修复这个遗址，他们称这个残破的旧教堂为"纪念教堂"，让它的断垣残壁，让它的硝烟留下的黑色，让它的尸体的气息永远矗立在新教堂毗邻。

然而，我仍然没有说完全，你再仔细看一下这里的耶稣，你会发现，"他"不仅是悲哀不仅是痛苦，不仅是失望和绝望，还有一层，耶稣在为了人类而羞愧，而自责，而叹息，欲哭无泪，欲叹无声，欲恨无力，欲爱则已经不能。呵，我终于找到了你，西柏林教堂的耶稣！我曾想说你是悲哀的，我曾想说你是痛苦的，但是又有哪个钉上了十字架的耶稣是不悲哀不痛苦的呢？难道耶稣能够是快乐的或幸福的吗？这个耶稣像最最冲击我的一点，最使我震动惊愕的一点也许应该说是那种已经不能再爱的决绝的放弃了吧。

人啊，听着，不要再撒娇和任性、放肆和骄纵、逞能和自以为得计了吧，上帝已经不再爱你！上帝已经决定放弃你了！

也是在九六之旅中，我更多地听到了德国人谈他们在战争中的经验。这样的经验十分重要，不仅对于发动战争而又战败了的德国人。

陪同我们在德累斯顿、魏玛、柏林参观访问的海佩春女士告诉我们，战争后期，那时她尚没有出世，她的全家从德国东部向西撤退，带着一个哺乳期的婴儿——她的姐姐。由于在火车上把携带的牛奶瓶子打翻了，她的父母只好中途下车为婴儿另寻牛奶。那辆她全家乘坐中途离开的火车在到达德累斯顿的时候遭到了英国空军的轰炸——英国空军错以为那是一列载满东撤的德军的运兵车——全车的人都被炸死了。我们在德累斯顿的时候看到过这次轰炸后满车厢死尸累累的照片。

我们也还听到过一个英籍女士的诉说。她曾经与一个英德混血儿同居。那个青年的母亲坚守自己的德国人立场，战争爆发前就带着他回到德国去了——那时候有多少德国人上了希特勒的能迅速使德国欣欣向荣面貌一新纳粹民族主义的当。他十五岁的时候即参加了法西斯的冲锋队。战后他受到了英国军事法庭的审判，由于他具有英国国籍，因此被判犯有叛国罪，服刑很长一段时间（我联想到李香兰，如果她没有找到证明自己的日本籍的文书，恐怕早已以汉奸罪被枪决了）。成为"自由"人后，这位英德人的精神仍然极端不正常，他一生都生活在战争和屠杀的记忆里，酗酒，斗殴，年轻轻的就毁掉了。

我们在德国看过战争阵亡者的坟墓：矗立的一个个一排排的十字架和文字说明，还有永远年轻的相片……

前些时候一个法国朋友与我谈到波黑地区的武装冲突，他说："一百年过去了，欧洲，似乎没有什么进步。仍然是巴尔干地区，仍然是欧洲的火药库……"

就在追记这篇小文的时候，传来北大西洋的意欲东扩与俄罗斯的反对，以及阿尔巴尼亚动荡不安的消息。更不要说德国近年来不断发生的排斥异民族事件了，这样的事件使德国也使世界十分警惕。

一家一本难念的经，近百年的世界上，不只是中国多灾多难。欧洲的战乱和屠杀的规模也许丝毫不逊于乃至大大超过了我们这里。

所以，西柏林这座教堂的黝蓝色的光照下，耶稣已经无能为力，耶稣只有垂下头来，耶稣只有听任欧洲还有人类自己尽情地起劲地毫不让步地毁灭自己。与过去相比，人类自我毁灭的力量大为增强了。

一九九六年六月二十二日，我是第三次访问西柏林第一次到这个由玻璃钢梁结构修建的现代风格的教堂。我们都为这悲痛已绝的耶稣像而受到了感动。我们在教堂里还谛听了巴赫的管风琴作品表演。虽然我喜欢巴赫也喜欢管风琴，听音乐的时候我还是目不转睛地注视着耶稣。

出了教堂则是另一幅景象，难得的是瞬间阳光晴丽。喷泉，喷泉池沿上有各种文字，其中有一汉字："春"。喷泉旁是一个商场，这一天是星期六，本来德国法律规定这一天与星期日各商店是必须休息的，否则就是违反了劳动法，不知道为什么这边有几家小店照常营业，只是货物价钱奇贵。

教堂前有一个小小的广场，有一些耍把戏的人在这里做街头表演。其中有一个须发已经灰白的男子，不停地通过操纵面部肌肉变脸，这边凹进去那边又凸出来。他的脸做出各种怪相，说小丑不是小丑，说妖怪不是妖怪，让人看着既佩服又难受。就这样一辈子？我不能不为之痛惜。

海佩春说，他在这里做这样的表演已经很久很久。我也恍惚记得一九八〇年第一次与一九八五年第二次访问西柏林时可能见过这个可怜的人和他的怪样子。人老了就觉得什么都可能见过也可能忘记了。他用这种办法换取一些糊口的赏钱，其种种形态令人鼻酸。

广场边缘路边有一批摆地摊的炎黄同胞，都很年轻，有男有女，都拿着画笔画纸招揽生意为行人画像，看来他们都受过专门的训练，大多是国内的美术院校、专科或附中的毕业生，也许还有高才生吧，不然他们怎么会心比天高身为低下地闯荡到这里？一路走过去，并没有看见一个德国人停下来问津。他们会不会白白地坐一天而无所获呢？他们的表情是淡漠的。他们也曾抱着极大的天真的希望来到欧洲寻找人间天国的吧？自由，发达，欧洲是多么诱人！然后是马克，马克呀马克，你在哪里？我的亲爱的同胞，你们没有去看看近在咫尺的耶稣像吗？

另一端是一个俄国人在手风琴伴奏下唱俄罗斯抒情歌曲，那歌曲的旋律我们是熟悉的，他的声音也还过得去，他曾是歌剧院的演员？他来自伟大十月革命的故乡？如果是四十五年前，他这样的歌唱家会不会以伟大苏维埃人的名义去访问兄弟的中华人民共和国，在怀仁堂赢得暴风雨般的经久不息的掌声呢？

再一头是路面画家，一个本地青年。他专心致志地在马路上画"蒙娜丽莎"，细细地涂着艳丽的彩色，有一种类似镶嵌艺术的工艺美。据说，他的目的仍然是为了向行人乞讨一点钱：以他的路面彩画，显示他的才能，提供行人的一眼愉悦，一眼惊喜，一眼怜悯；希冀得到一丝赏识或者同情，最后落实为一星半点马克芬尼。柏林这个教堂边的广场真是个有意思的地方。

　　我觉得这样的路面作画也是曾经看过的。

　　天很快又阴了，风吹过带着凉意。晚上我们到一个中国青年开的"太极"中餐馆去用餐，那个年轻老板好不容易在德国读下了学位，他学的是艺术史。读这个专业，又是华人，他很难找到学有所用的职业。比较起来，他的餐馆还是经营得成功的，他弄了一些中国字画点缀气氛，挂了一些剪纸之类的中国民间工艺品。他又开辟了餐厅的一角饮茶，挂着一个大茶壶的模型。我们在这里叫了所谓樟茶鸭与鱼香肉丝。饭后老板请我们去那清雅的角落喝茶，墙上的书法似乎写着唐诗之类。老板奉送台湾名茶，并且从账单中划去了饭桌上用的茶价。有两桌各有一个单身饮茶者，他和她都向我们微笑。我们谈论了中国文坛的一些近话，艺术史硕士对国内诸事倒也门儿清。远远谈起，觉得可笑的比可惊可叹的要多——不失为合适的佐茶小菜。

也议论了两德合并以来的德国局势。说是拆毁柏林墙的时候曾经激动万分，哭的哭，叫的叫，抱的抱，跳的跳。一年过去了，又一年过去了，无形的墙依然存在着，各种鸿沟，未见填平。民主德国的企业垮了，原民主德国人觉得自己成了二等公民；而联邦德国的税收愈来愈高，政府说是为了帮助原民主德国，这又让西部的人不平衡。尤其是墙拆掉以后，西柏林原来享受的"优待"反而没有了。过去，西柏林是西方势力在东欧阵营中安放的一颗钉子，一个孤岛，又是西方意识形态、生活方式与"民主自由"的一个橱窗，那时西柏林是不向联邦政府缴纳一点税的，居民纳税也很少，联邦政府每年还要给西柏林大量的财政补贴，以维持西柏林的繁荣美好，得天独厚。那时候，西柏林是"自由世界"里更自由的地方，奇装异服奇头怪发的髯客在西柏林最多，六十年代响应毛主席的号召闹红卫兵，在联邦德国也属西柏林最热烈。现在，就用不着照老样子对西柏林东柏林整个柏林娇生惯养了，于是好日子也就没啦……你也埋怨我也埋怨，你也不快乐我也不快乐。再就是柏林愈来愈脏，社会秩序也是愈来愈坏……老板有点愤世嫉俗，嫉人家的俗，因为生意走的不是上坡路，在外国挣钱谈何容易！经济并不景气世道也不见佳妙。一起用餐的还有我们的一位老朋友，她的父亲是老一辈的汉学家，她的父亲曾经是我父亲的朋友。我们可以算是世交。她现在靠失业救济金生活，又患了白癜风。她的老父告诉过我她的一句名言："我不知道我想做什么，但是我知道我不想做什么。"如此这般，一言难尽。

只是回到格兰德大饭店之后感觉良好。这里的崭新敞亮的套间与花篮里的鲜花当然既能带来居住的快乐也能满足虚荣。周六的德国电视节目最为有趣，叫作匪夷所思。我复习了这一天学到的几个德语单词，复习了这一天中午初到柏林之后在德瑞丽河泛舟的印象，许多教堂，许多古老的建筑，许多古老的石桥和街头雕像都令人神往，都给我以过去单单游访西柏林时所没有的感受。两极对立的世界和柏林至少令人知道这一部分人与那一部分人在做些什么。敌人或假想敌人的存在使人充实，至少假想是充实。后来呢？人们能不能学会不在这种对立和厮杀中过日子？人们能找回耶稣吗？

1997 年 4 月

晚钟剑桥

人总有这种时候，忽然，什么都忘了，什么都没了。剩下的是澄明，是快乐，似乎也是羞惭，更是一种消失，那个有时候是疲劳的，警惕的与懊恼的，絮叨的与做蠢事的自己，不见了；那个患得患失的"人之大患"不见了。却仍然有一颗感动得无以复加的心。

说的是一九九六年五月二十三日，已经几天了，阴雨连绵。那天中午我与妻在伦敦英中中心与几个学者、研究生座谈中国当代文学。开完会，连忙赶往火车站。坐上郊区支线上的车，经过一片片的绿树和田野，向剑桥方向驶去。

剑桥是一个小镇,在细雨中若有若无,如灰如绿。她的稀落静谧,不高不大不新的房子,不宽不大不拥挤的道路,我行我素,不事声张,好像和这阴霾的天气与寒冷的春天一道,打老年间就是这个样子。

下车先去会场。在中文系一间办公室里换装,打好领带,人五人六地来到大课堂讨论教室。座无虚席。读准备好了的英文稿,并时时用不标准的英语即兴发挥一下,我不会放过这种"实习"英语的机会。遇到回答提问,就要请翻译帮忙了。英英中中、读读笑笑、问问答答,打成一片。活跃热闹的气氛,似乎给平静舒缓的剑桥大学的这个小角落带来了一点喜气。由于听众中有一半人是来自祖国大陆的留学生和教师,可以从他们的脸上读到一种关切和喜出望外的神情。他们提的问题也很在行,显然他们身在英伦而时时回眸祖国那一片——神奇的土地。

在一片真实的与礼貌的赞扬声中离开会场,去大学贵宾馆。经过古老的、上方是耶稣与圣母的浮雕的拱门,穿过这个砌满石条的院落,进入一座厚重的建筑。这座楼房的底层,想不到是一个封闭的室内桥,桥下是小溪,桥的两侧是玻璃窗,一侧是四株大柳树的枝叶呈半月形,正在伸向我们。

陪同我们的先生告诉我们:"徐志摩描写过这个桥,并命名为'奈何桥'，据说古代这个桥是押解死囚去刑场的必经之路，要让犯人感到，这世界是多么美好，然而，由于犯下了大罪，他必须与世界告别。"

死刑犯的命运与行刑者的残酷，尤其是徐志摩的名字触动了我。我"哦"了一声，似乎一瞬间时间与空间的一切距离都缩小了，打破了，往事与逝者都靠近了。是的，"康桥再会吧"，康桥就是剑桥。有了逗留才有告别。徐志摩那时候是多么年轻，他是"资产阶级"，他写的都是"象牙之塔"里的诗……而我第一次踏上康桥的土地，已经是六十多岁了。犹谓偷闲学少年？一九八七年首次造访英国，去过牛津没到过康桥。

贵宾馆在另一所古老的楼房里，木板楼梯窄狭弯曲，走在上面吱吱扭扭，令人发思古之幽情。一直爬到四楼，打开一扇厚重的门，是一个黝暗的小过厅，按动墙上的电门，高高地亮起了昏黄的灯。再用那笨重的铜钥匙开开房门，一间宽阔方正的老客厅出现在我们面前。褐黑色调，古朴的大写字台，曲背软椅，式样老旧的硬背沙发，墙上悬挂着一张带镜框的风景水彩画。更多的则是空白，以无胜有，以无用有，这种风格自然与矮小与充满各种物品的旅馆房间不同。

就在这个时候钟声响了。教堂的钟声悠远肃穆，像是来自苍穹，去向大海。我一时停在了那里，等待着，倾听着，安静着。

放下随身携带的物品就去圣约翰书院晚餐。进入书院，先去"派对"大厅。人们介绍说这间大厅保持着三百多年前的习惯，厅内只点蜡烛，不设电灯。人们又说，二次世界大战当中盟军最高司令部诺曼底登陆的计划，就是在这间大厅里制订的，因为，有一张特大的军事地图，只有在这间大厅才能把整张图展开。再说，这间大厅的遮光效果比较好。我唯唯，历史是我们的近亲，历史就在我们手边，就在我们呼吸着的空气与我们被照耀的烛光里。

所有前来饮酒并接着去吃饭的人都穿着为在本院获得过博士学位的人特制的黑"道袍"，十分庄严郑重。英式发音优雅做作，每人脸上的笑容都合乎标准。千篇一律的，数百年无变化的餐前饮酒的"过场"飞快地走完了。人们进入餐室，我们与一位来自美国的生物学家算是今晚晚餐的贵宾，被让到了首桌。每张桌子上都放着参加晚餐的全体人员名单和印刷精美的菜单——当然我们也从中验证了自己的存在，从而得到了些微的虚空的满足。人众各就各位。首先由书院院长带领做祈祷。然后进餐。服务人员也都有一把年纪。主人解释说，由于疯牛症的威胁，今天没有牛肉可吃，改吃羊肉。其实头三天我已经吃过牛肉了，如果该染上，恐怕本人已经是潜在的疯牛症患者了。羊肉的味道乏善可陈，我没有吃多少，倒是多吃了一点甜食。晚饭结束后再去"派对"大厅喝咖啡。一切陶冶情性的程序认真完成，并没有用多少时间。远远比参加一次正式宴请简单迅速得多。难得的是这种数百年不更易的坚持。这与其说是吃饭不如说是吃饭的仪式，也许真是一种展现和怀念剑桥以及整个英国的历史、保持和（为什么不呢？）炫耀剑桥及英国的光荣传统的典礼——如果不说是例行公事的话。我甚至猜想，与餐的一些人饭后很可能有约去进行另一顿晚餐，更美味更轻松更富有生活气息的一餐。历史的必须之后肯定还有现实的快乐。当然，这种保守的庄严与珍惜的认真劲儿也令人感动，没有这就没有剑桥，没有英国，再引申一步，就没有欧洲，并且（对不起），这本身就有观光价值。什么时候我们中国也有这种古色古香的演示与咀嚼呢？为什么有时候我们是那样气冲冲恶狠狠地对待历史呢？

从圣约翰书院出来，天色尚早，刹那的夕阳余晖一闪，阴云迅速地重新遮盖了天空。我很庆幸，可以早早地与校方的人员告别，享受一个晚上的自由独处。重新走过大院落，走上室内的奈何桥，想念着死囚与徐志摩，想着《再别康桥》，轻轻地来与去，和《我所知道的康桥》。想着中外的历史、二次世界大战与战前战后的和平时光，在剑桥获得学位的那种庄严与不无做作的盛典，"故国"神游，多情应笑我早生华发……然后，来到了那块大草坪上。

雨后的绿草如油，映衬于四面的苍茫的建筑，显现出一种生命的滋润与新鲜。我看到了我们下榻的那间房屋的窗子，也看到了房后的教堂尖顶十字架。我想起了幼年时读过的有关欧洲的一切，比如《茵梦湖》。我知道茵梦只是音译，但是茵这个字还是使我立即把它与眼前的这片绿草联系起来。我假定绿草坪是欧洲的一道经久不移的风景。我假定不论是《傲慢与偏见》还是《简·爱》的故事乃至福尔摩斯的案件都发生在如此的绿草地上。走在这样的草地上我觉得说不出的感动。我的感动是一种不胜其美，不胜其静，不胜其古老，不胜其空空如也，不胜其平凡而又妩媚的风格的感觉。按照徐志摩的描写，也许这里是应该有几头牛的，但我也没有注意到牛。我说没有注意到，是因为我是如此地融化于这剑河边的草地的静谧之美，我似乎已经丧失了旁的能力。

又下起了雨，小风相当凉。芳说快进屋吧，这才依依不舍地进了楼。

天也就这样黑下来了。楼里照旧杳无人迹。绝了。今夕何夕，此地何地？虽说已是五月下旬，阴雨天仍然寒冷。

好在房间里的暖气可以调节，拧一拧螺旋开关，发出咔咔的响动，一股子温暖就过来了。洗洗脸，用电壶坐开水沏上一杯红茶。晚间一面说闲话交换我们对于剑桥的印象，一面找出了头几天另一个东道主陈小滢女士送的她的双亲凌叔华与陈西滢的作品集翻阅。这才注意到客厅里靠墙摆着一排大书柜，书柜里码着的都是棕色皮面的精装旧书。时光似乎倒退回去了不少，我们与世界也两相遗忘，一种少有的随意与松弛抚慰着我们的心。

这时钟声又清纯亮丽地响了起来。满屋都是钟声，满身都是钟响。咚咚当当，颤颤悠悠，铺天盖地，渐行渐远，铿锵的钟声与一波未平一波又起的嗡嗡余韵互为映衬，组成了晚钟的叠层堂室。我们放下手中书，我们谛听着饱含着爱恋与关怀、雍容与悲戚的钟声。我们的心我们的身随着这钟声而颤抖而飞翔而化解。我重又浸沉到那种喜不自胜悲不自胜爱不自胜愧不自胜的心情中。我感动于钟声的悠久而惭愧于自己的匆促，我感动于钟声的慷慨而反省于自己的渺小，我感动于钟声的清洁而更产生了沐浴精神的渴望，我感动于钟鸣的深远而更急切于告别那些无聊的故事。

钟声至今仍然鸣响在我们的心里。

……第二天按计划应是乘舟游览。无奈雨愈加大了，无法"撑一支长篙"去"寻梦",去"向青草更青处漫溯"——只好取消这本会是沉醉销魂之旅。打着伞在剑河边站立了一会儿,分不清树、草、桥、河、栅栏和雨。想着,如果天气好一点是多么好啊——事情总不能太完美。谁能呢?到图书馆里看了看,找出了一九五八年收了我的作品译文的书——那时可把我吓坏了,然后提前离开了这座大学,这座城镇。

留下一些项目以待来日吧,我们都这样说,自慰着,就像来日永远与我们同在。

1997年4月

《青春万岁》六十年

六十年的往事

我的处女作长篇小说《青春万岁》，从一九五三年秋动笔，至今已经六十年了。一九五三年"开工"，一九五四年第一稿完成，送中国青年出版社，一九五五年中青社肯定了此稿的基础，并由中国作协青年工作委员会出面为我办理请创作假事项，一九五六年修改定稿，一九五七年部分章节在《文汇报》上连载，个别章节在《北京日报》上发表，一九七九年由人民文学出版社首次正式出版，至今三十三年，发行超过五十万册；其间还有此书的"中国文库"版、建国六十周年作家出版社版、百花文艺出版社《王蒙选集》版、华艺出版社《王蒙文集》版、人民文学出版社《王蒙文存》版。一九八三年还上映了根据小说改编的同名影片。六十年离着"万岁"固然还远，至少，它算是长命的。

小说发行得不少，但谈不上畅销，属于长销——正式出版至今，三十三年来重印没有停止过。这是一本经历曲折的书，写于上世纪五十年代，写完后被冻结，假死于胎中；二十四年后出版于"文革"甫告结束时，至今仍上架于图书市场，为读者尤其是青年读者所购买与阅读。

《青春万岁》六十年，回忆起来，也还有趣。

从动笔到完成

我对我们那一代有个自出心裁的说法：我们赶上点儿啦！在我们的少年到青年时期，赶上了从旧中国到新中国的翻天覆地，我们恰好活到了历史的关键点上。接着又赶上了从革命的凯歌行进到和平建设时期的历史过渡。我亲眼看到、亲身经历了旧中国的土崩瓦解，反动势力的穷凶极恶，革命力量的摧枯拉朽，新中国的百废俱兴、万象更新。

而在一九五三年，十九岁的我已经感觉到，胜利的高潮，红旗与秧歌、腰鼓的高潮不可能成为日常与永远。那么我觉得自己有一个使命，把这一段历史时期、这一段历史时期的少年—青年的心史记录下来。

还有一个不无可笑的过程是，什么"五年计划"呀，什么"大规模、按比例的建设"呀，什么"工业化"呀，曾使我热血沸腾，我申请离开青年工作岗位去考大学学建筑，因为苏联作家安东诺夫的小说《第一个职务》对一名女建筑师的生活经验的描写使我沉醉。我的申请未获准，我无法，只好走向文学。此时又读了《译文》（后改名《世界文学》）杂志上苏联作家爱伦堡的文章《谈作家的工作》，同样使我如醉如痴。"一痴"成不了改为"二痴"，我动笔了。

我是悄悄地写作的，怕人家说我不安心本职工作，也怕写砸了丢人。写得很辛苦。一年后完成初稿，我请我的妹妹王鸣和我的同事朱文慧帮忙抄了一遍，又请我父亲王锦第帮助，拿给北京电影制片厂的编剧、作家、南皮县同乡潘之汀先生（我称之为潘叔叔）看看。一个月后潘叔叔来信说我"有了不起的才华"，他已把稿子推荐给中国青年出版社文艺室审读。当时的中青社文艺室负责人是吴小武，即作家萧也牧，负责读我稿子的是编辑刘令蒙。

潘叔叔的信令我如发高烧，但接着是漫长的等待。为了等到中青社对此稿的处理意见，我用了一年的时间，急不得恼不得，催不得问不得，哭不得笑不得。其间我小心翼翼地给刘令蒙编辑打过电话，他也给过"快了"之类的答复。忽然从我所在的共青团北京市委传出消息，刘令蒙在反胡风运动中有麻烦。我只能目瞪口呆了。终于，一九五五年秋天，我接到吴小武的电话，说是小说最后请了中国作协青年工作委员会副主任、老作家、评论家萧殷审读，约我到赵堂子胡同萧老师家里一谈。萧殷老师指出此书稿有很好的基础，作者有好的艺术感觉，问题在于小说缺少一根主线，需要从结构上下功夫打磨。他还表示，可以由中国作协青委会出面为我请创作假，专心于书稿的修改。

一九五六年初，我获得了"创作假"，就这三个字已经让我乐得屁颠儿屁颠儿的了。此前一年夏天，我在《人民文学》上发表了小说《小豆儿》，秋天，在《文艺学习》上发表了小说《春节》，并收到了参加将于一九五六年春天召开的全国第一次青年作者会议的通知。梦想正在成真，各路绿灯正在亮将起来。

参加青年作者会议的一个收获是得到了结识我心仪已久的邵燕祥诗人的机会。我把我起草的《青春万岁》的序诗给他看，他热情地回信说："序诗是诗，而且是好诗……"他帮我做了一些修改，其中重要的是增添了"用青春的金线，和幸福的璎珞，编织你们"句。序诗的中心是表达编织"所有的日子"的心情，这是我当时的实感，是文学写作的最大魅力所在，燕祥的金线与璎珞亦功不可没。

一九五六年，我发表了小说《组织部新来的青年人》，引起热烈反响。同时，《青春万岁》改完交稿，各方面已经传出关于此书的正面舆论。年底，《人民日报》发表了刘白羽同志的文章，谈到"张晓的《工地上的星光》与王蒙的《青春万岁》表现了青年作家的新实绩"（大意如此）。

一九五七年，先是正欲恢复出版的上海《文汇报》驻京办事处主任浦熙修女士与著名报人梅朵先生找我洽谈《青春万岁》在该报副刊连载事宜，后来也确实选载了约七万字。此后中国青年出版社与我签订了出版合同，此书清样已经打出了。

《文汇报》的连载

《文汇报》的连载也有一点小故事。

后来被毛主席称为"能干的女将"的著名的浦熙修与梅朵登门约稿，还给我预付了稿费，说好了全文连载。但他们复刊后连载的是郁风的散文配画《我的故乡》，然后找我商量，说他们准备改为部分连载《青春万岁》。我认为这是由于《青春万岁》的题材与抒情散文文体，在当时难成主流，说严重一点就是不无另类。

这使我极不高兴，我退回了预付金，说明此事作废。但浦、梅二位长者锲而不舍，又是写信，又是坐着汽车来拜访——当时谁家有"屁股冒烟"即坐汽车者来访也不是小事。总之，最后还是按他们的意思办了。客观上看，能够部分连载一下也好，否则全面胎死或假胎死，连个模样也没有看得着，岂不更加悲哀？

后来，一九九三年我在香港，与其时也在香港的黄苗子、郁风夫妇见面。我与郁风说起此事，开玩笑说她应该赔偿我的"精神损失费"。郁风大笑，也开玩笑说当时香港当局司法方面的负责官员是她的亲戚，她不怕立马与我在港对簿公堂云云。

冻结与假死

但同时，从七月份全国"反右"运动开始，此书被冻结。我的姐姐王洒告诉我，她在新华书店听到一位女青年问售货员："有《青春万岁》这本书吗？"

当然回答是"没有"。

说是冻结吧，舆论已经沸沸扬扬，《文汇报》也连载了近三分之一。不是完全冻结于胎中，而是出世一小部分，胎儿脑袋已经伸出了子宫，突然叫了停，可以说是中途难产。这在历史上可能也是难得一见。

　　一九六一年，在"调整、巩固、充实、提高"的口号下，中国各方面的政策有所松动。首先是人民文学出版社负责人韦君宜同志派人找我，打问《青春万岁》的书稿情况。不久中青社的著名编辑黄伊也来了，我还与当时的中青社负责人边春光见了面。他们请了《文艺报》的负责人、著名评论家冯牧审读书稿，我与冯牧也见了面。冯牧认为书稿无问题，只是里面提到"苏联"的次数过多，可以减少一点。于是我把提到苏联歌曲、书籍的地方尽量改成本地土产——把青年们读的《卓娅和舒拉的故事》改成《把一切献给党》，把苏联歌曲改成陕北民歌……说好了很快可以出版。这时出现了党的八届十中全会，即北戴河会议，提出"千万不要忘记阶级斗争"。如此这般，中青社将书稿报到主管上级团中央那里，请团中央的一位书记刘导生同志审读。据中青社同志传达，刘书记的主要意见是书中未写出知识分子与工农兵的结合，是个缺憾。是时对杨沫的《青春之歌》也有此批评，故而杨沫加写或改写了若干章节，让她的书中人物林道静不是没有和工农兵结合过。

我还把此书稿呈交给对我甚为爱护的时任中国作协党组书记的邵荃麟同志看过，他认为我写得很好，但与工农兵结合的问题亦不可忽视，他建议我去某省找个出版社低调出版。此建议亦未实施，因为整个形势正朝着"拧紧螺丝钉"的方向迅跑。

当时黄秋耘同志告诉我，说有好事者问冯牧审读《青春万岁》事，冯牧甚感尴尬。可能是由于他肯定了此书，却仍然不能出版，以为旁人会对他的政治判断力与权威性留下非正面的印象吧。我听着，就不只是尴尬了，我想到的是哀莫大于心不死——若干年后在聂绀弩先生的诗中，我也读到了这样的句子。

然后是"文革"，我以为《青春万岁》已经宣告死亡，死于难产。一个"之歌"，一个"万岁"，结合得怎么样我不敢说，倒是我本人，去了新疆，与维吾尔兄弟民族的农民结合得如鱼得水，不亦乐乎。

感动人的是，新疆生产建设兵团的友人姚承勋读了《青春万岁》的清样，他用绸布做了封套，将清样装订得很漂亮，并宣布：此书已经由他出版，印数一册。时在一九七四或一九七五年。可惜的是这个"姚版"《青春万岁》没有保存好，找不到了。

出书了

一九七六年"四人帮"垮台，一九七八年我应中青社之邀到北戴河团中央的培训中心修改《这边风景》的文稿。在北京时，我与人民文学出版社的领导韦君宜同志见面。君宜同志关心我的平反问题、调回北京问题，同时坚决提出，《青春万岁》可以立马考虑出版。只有极个别的地方，如描写杨蔷云的春天的迷惘心情，略删即可。她还建议请萧殷写个序，说明一下这是当年旧作。我给萧老师写了信，萧老师因当时身体不好，无法动笔，于是由我自己写了后记。交稿后我回到乌鲁木齐。

在乌鲁木齐迎接新年之时，我收到了一份《光明日报》，原来是该报副刊刊登了我为《青春万岁》写的后记。呜呼痛哉，於戏快哉，从一九五三年到一九七九年是二十六年，从打出清样的一九五七年算是二十二年，从一九六二年宣告此稿难产死亡时算是十七年，《青春万岁》终于得见天日了。此张《光明日报》的到来大出意料，哭哭笑笑，夫复何言？

《光明日报》一出，我立即收到了老友来信，说是向马特洛索夫夏令营的营长报到。原因是，《光明日报》发表的后记中提到了一九五三年北京东四区的中学生马特洛索夫夏令营。马特洛索夫是苏联卫国战争中的一位英雄，他用自己的身体堵住了法西斯德寇的碉堡枪眼，一本描写他的事迹的纪实作品《普通一兵》当时正在中国热销。我是马营营长，后记里提到的知名物理学家是郝柏林，为马营副营长，后来成为我妻子的崔瑞芳也是副营长。我们还请大作曲家郑律成谱写了"营歌"，歌词作者已不可考：

普通一兵，是我们中国青年的心，我们热爱自己的祖国，我们热爱和平的人民……

向我报到的马营营员是天津的中学语文教师程庆荪，一九五三年她是北京女二中的团总支组织干事。

其他，与一点歉疚

一九七九年五月，人民文学出版社首次出版《青春万岁》，定价六角八分，首印十七万册。

这里有一个阴差阳错的地方。抓这个书，最费力气的是中国青年出版社。一九七八年谈此书出版的时候，我正在为中青社修改《这边风景》，满心以为会给中青社提供一个"革命化"得多得多的书稿，没有想到"风景"因过于"革命"，亦不宜出版。"万岁"不够革命，"风景"过分革命，都未能在中青社成活。后来中青社得知"万岁"稿到了人文社，甚为着急，还通过团中央有关领导极力做我的工作，想把稿子要回来。但我已经答应了君宜这边，不好再改变。这使我至今对中青社心有歉疚。

早在"文革"一结束，上海电影制片厂刘果生先生即来联系将《青春万岁》改编电影事，但据说某些导演认为这部小说的风格不适宜搞成电影……后来出现了导演黄蜀芹女士，电影开拍了。一九八三年拍出来，反响不错。一九八四年，我率包括黄女士在内的中国电影代表团携电影《青春万岁》参加了苏联塔什干电影节。

另，此书还被山西的《语文报》评为"中学生最喜爱的书"。

还应该提一下吴小武即萧也牧，他因小说《我们夫妇之间》挨批，再未翻身。一九六三年我去新疆，他从中国青年出版社要了一辆车送我去车站。"文革"后我回来，听说他死于干校，死得很惨。

2013 年 5 月

明年我将衰老

二〇〇七年，我与家人在新疆饭店举行了我与芳的金婚纪念。何等的感慨，何等的幸福。我们从一九五三年恋爱，一九五七年结婚，转眼走过了半个世纪。我们从年轻的共产党员开始，经过了政治运动中的没顶之灾，经历了远走新疆，把户口从北京迁到乌鲁木齐，再到伊宁市，再回到北京。经历了团区委副书记、"右派分子"、"人民公社副大队长"、中央委员、文化部长、政协常委……一九八三年出版《王蒙选集》四卷，一九九三年出版《王蒙文集》十卷，二〇〇三年出版《王蒙文存》二十三卷（当然当时还没有预见到二〇一三年出版我的文集四十五卷），我们携手走遍了包括港澳台在内的所有省、自治区与直辖市，我们携手访问了新加坡、马来西亚、泰国、日本、韩国、哈萨克斯坦、捷克、斯洛伐克、美国、墨西哥、印尼、菲律宾、越南、俄罗斯、瑞典、德国、英国、荷兰、比利时、奥地利、澳大利亚、法国、西班牙、意大利、伊朗、埃及、突尼斯、喀麦隆、毛里求斯、南非。我们非常高兴，虽然生活的道路远非平坦。在进入老年之后，我们的日子过得很好。

谁也没有想到，一贯相当健康的芳，二〇一〇年查出，她得了结肠癌症。是年九月，我率一作家团出访美国，得知她的患病情况后提前赶回了北京，从机场直接赶到她所住的中日友好医院。此后的日子是化疗、陪住、伽马刀治疗、凌晨排队看中医……还有我自己的缠腰龙病痛……二〇一二年三月二十三日，芳去世，享年八十岁。当然，这是我的天塌地陷。

如我在短篇《明年我将衰老》（《花城》2013年第1期）所写：

　　我知道这一切都有你的心思，都有你的参与与祝愿，有你的微笑与泪痕，有你的直到最后仍然轻细与均匀的、平常的与从容矜持的呼吸……

芳的临终清醒，坚强。海外一个朋友说，见到她前一年十二月三十一日写给孩子们的告别遗信，甚至于觉得她走得"大义凛然"。

我的小说写道：

　　走了就是走了，再不会回头与挥手，再不出声音，温柔的与庄严的。留恋已经进入全不留恋，担忧已经变成决绝了断。辞世就是不再停留，也就是仍然留下了一切美好……

　　然而我失去了你，永远健康与矜持的最和善的你，比我心理素质稳定得多也强大得多的你。你的武器你的盔甲就是平常。你追求平常心早在平常心成为口头禅之前许久。对于你，一切剥夺至多不过是复原，用文物保护的语言就叫作修旧如旧，或者如故如往如昔。一切诡计都是游戏与疏通，都是庸人自扰与歪打正着，都是过家家很好玩。我乐得（de，阳平）回到我自己那里，回到原点。它不可伤害我而且扰乱我。我用俄语唱"遥远"，用英语唱"情怀"，用维吾尔语唱"眼睛"，用不言不语唱"景仰墓园"。

芳的骨灰埋葬在京郊十三陵景仰墓园。日中文化交流协会的朋友佐藤淳子等专程来扫了墓。韩国《现代文学》主编梁淑真女士越洋寄来了悼念的白玉兰。德国女诗人萨碧妮·梭模凯朴写了短歌体诗作追悼。泰国公主诗琳通为葬礼献了花圈并委托泰国驻华大使前来送别。许多领导同志包括贾庆林、刘云山、张春贤、杜青林、胡启立等表达了他们的哀悼。作协主席铁凝与作协党组书记李冰操持了遗体告别。家属其实是竭尽全力缩小丧葬的规模，仍然是极尽哀荣。

　　我的一生就是靠对你的诉说而生活……有两个小时没有你的电话我就觉察出了艰难。你永远和我在一起。那些以为靠吓人可以讨生活的嘴脸，引起的只是莞尔……

　　我们常常晚饭以后在一起唱歌，不管唱的是兰花花、森吉德马、抗日、伟人、夜来香、天涯歌女，也有满江红与舒伯特的故乡有老橡树。反正它们是我们的青年时期，后来我们大了，后来我们老了，后来你走了……

　　我们也确实有过值得回味与纪念的一九五〇、一九六〇、一九七〇年代。我们的生活不应该有空白，我们的文学不应该有空白，我们俩没有空白。高高的白杨树下维吾尔姑娘边嗑瓜子边说闲言碎语。明渠里的清水至少仍然流淌在四十年前的文稿的东西南北、上下左右。我们俩用白酒擦拭煤油灯罩，把灯罩擦拭得比没有灯罩还透亮。我们躺在一间五平方米的房间的三点七平方米的土炕上。我说我们俩是“团结、紧张、严肃、活泼”，这是林彪提倡的“三八作风”当中的那八个字。这八个字令你笑翻了天，我们是最幸福的一对。虽然那时候不作“你幸福吗?”“不，我不姓符，我姓赵”的调查。我们都喜欢那只名叫花花的猫，它的智商情商都是院士级的……洋铁炉子，无烟煤，煤一烧就出现了红透了的炉壁，还有白灰，煤质差一点的则变成褐红色灰。煤灰延滞了与阻止了肆无忌惮的燃烧，却又保持了煤炭的温度，这就是自（我）封(闭)。……你拨拉下煤灰，你加上新炭，十分钟后大火熊熊，火苗子带着风声，风势推动着火焰，热烈抚摸你我的脸庞，我热爱这壮烈的却也是坚韧不拔、韬光养晦的煤与火种。冬火如花，火红鲜嫩。嫩得像一九五〇年的文工团员的脸。我最喜欢掌握的是燃烧与自封的平衡，是不止不息与深藏不露的得心应手。

还有庄稼地、苹果园、大渠小渠、麦场、高轮车、情歌民歌、水磨、蜂箱、瓜地里的高埂，还有砍土镘与钤镰，这是我们的共同岁月，共同见证，共同经历，共同记忆……而二〇一二对于我来说最惊人的最震撼的是当记忆不再被记忆，当往事已经如烟，当文稿已经尘封近四十年，当靠拢四十岁的当年作者已经计划着他的八十岁耄耋之纪元，当然，如果允许的话；就在这时，靠了变淡了的墨水与变黄变脆了的纸张的帮助，往事重新激活，往日重新出现，空白不再空白，生动永远生动，而美貌重新美貌，是你给了我这一切。

我还有一个化学的与商品的发现，纯蓝墨水经久颜色不变，蓝黑墨水，反而充满了沧桑感。

这里说到的是二〇一二年的另一件大事：就在瑞芳去世差不多同时，发现了我的旧稿《这边风景》。

我们生活在剧变的时代，我们已经忘记或者被忘记。例如三十五年以前更不要说四五十年以前的旧事……我们觉得今是而昨非，我们常常相信重今而轻昔才是最聪明最不伤心伤身伤气的选择……然而昨天也曾经是当时的今天，也曾经无比生动无比真实无比切肤，无比激越无比倾注无比火热，昨天不可能被遗忘就像今天不可能被明天消除干净了痕迹。是生活，是永远的生活……稚嫩的唐突的声嘶力竭的生活同样可能是好小说、好的摇滚歌曲或者意大利歌剧罗曼斯咏叹。就像贫穷与苦难，悲惨与失落，对不起，乃至疾病与苦药水会是很好的文学一样。它们常常是比秀幸福骚快乐更好的小说。生活与记忆不可摧毁，直观与丰饶不可摧毁，何况贫穷与苦难当中仍然有勇敢的吟咏，失望与焦灼当中仍然会做出最动人的描摹，在墓碑前的伫立与脸上的泪珠滚滚当中仍然有此生的甜蜜与感激。

二〇一三年，《这边风景》出版了，它受到了读者与文学评论家的重视。我也趁机重视审视回顾了我的三十九岁，在七十九岁的时候。

二〇一三年，我就要七十九岁了，而按照过去的民间习惯，我的"虚岁"业已八十，从一九五三年我动笔写《青春万岁》算起，我从事文学写作已长达六十年，我加入中国共产党已经六十五年。感谢上苍，从前我从来没有想到自己有这个寿数。浙江农林大学在其人文学院院长、作家王旭烽关心下，还有浙江工业大学在党委书记梅新林教授关心下，举行了王蒙创作六十年的研讨会，还举办了有关作品朗诵活动。此外，新疆在我劳动过的地方，伊犁哈萨克自治州伊宁市巴彦岱镇建立了"王蒙书屋"，把展览与文化服务结合在一起。绵阳艺术学院建立了"王蒙文学艺术馆"。沧州建立了"王蒙文学院"。文化部、中央文史研究馆、中国作协、青岛中国海洋大学也都举办了有关王蒙从文六十年的展览、纪念活动。

二〇一三年对于我是重要的，这一年，怀念着也苦想着瑞芳，万念俱灰的我在友人的关心下结识了《光明日报》的资深知名记者，被称为美丽秀雅的单三娅女士。我们一见钟情，一见如故，她是我的安慰，她是我的生机的复活。我必须承认，瑞芳给了我太多的温暖与支撑，我习惯了，我只会，我也必须爱一个女人，守着一个女人，永远通连着一个这样的人。我完全没有可能独自生活下去。三娅的到来是我的救助，不可能有更理想的结局了。我感谢三娅，我仍然是九命七羊，我永远纪念着过往的六十年、六十五年、八十年，我期待着仍然奋斗着未来。当然，如我的小说的题目，明年我将衰老，而在尚未特别衰老之际，我要说的是生活万岁，青春万岁，爱情万岁。

2014 年

怀念和敬意

我已经快要走到生命的尽头了，但是我并不悲观，我把希望寄托在青年人身上。

一个甘于沉默的人

　　"要甘于沉默。"这位高个子、黑面孔、眼窝深陷，有一种既操劳过度又精神十足的神气的作家，用低沉的声音，对我缓缓地说。

　　在我的一生中，得到这样的劝告，这是唯一的一次。谁都知道作家往往是最不甘于沉默的人，最耐不得寂寞的人，他们总是要叫，要笑，要唱，要"长太息以掩涕"。他们最大的希望就是发出自己的声音，哪怕那声音不像夜莺而像叫驴也罢。

　　但是他在一九六三年这样地劝我了，因为他当时和我一样，都在噤声五年以后，在重新得到了发出自己的声音的一点点机会以后，又感到了山雨欲来风满楼的气氛。全国的文艺刊物彼此之间十分默契，一九六二年"放"了一阵，一九六三年就收上了，直收到一九六六年，连自己也被收进去了，落了个白茫茫大地真干净的局面，卫生，不传染。

"让咱们沉默，咱们就沉默吧。"他的潜台词里包含着这么一句，他是很听话，很驯顺的，从无二心。"不要因为不甘寂寞而做出下贱事来。"也许，更重要的是这一层意思。十年浩劫中，不甘寂寞的文人丢了多少丑啊！如果他们有这种"甘于沉默"的精神，情况不是会好得多吗？"多做些默默无闻的事情吧！"也许，"甘于沉默"四个字还含着这样一种积极的意向呢。不是吗，他"沉默"着，却发现了又帮助了那么多作家，使那么多作家得以引吭高歌，声震云霄！

我碰到的第一个编辑就是他。那时候我刚满二十岁，把自己的处女作《青春万岁》的初稿送到了中国青年出版社，有时候我走过东四十二条出版社的门口，看到一些戴着深度眼镜、微驼着背、斯斯文文、说话带南方口音而且满嘴的"题材"呀、"提炼"呀、"主线"呀、"冲突"呀的编辑，我是怀有一种敬畏之感的。终于，这个出版社的文艺编辑室的负责人接见了我，那就是他。当我知道这位吴小武同志就是鼎鼎大名的受过批判的萧也牧的时候，我却产生了一种对他的怜悯之感。解放初期，我读过他的《我们夫妇之间》，读得蛮有兴趣，后来不知道怎么的就批上了，罪名大概是小资产阶级倾向之类，（天知道这篇小说到底有什么倾向问题！）从此，他就沉默了。到一九五五年我在萧殷同志家里第一次与他见面时，已经有好几年没有见过他的作品了。一个作家而多年失去了发表作品的权利，其可怜与可悲，即使幼稚如当时的我，也是完全明白的。

我现在完全想不起我们的谈话的具体内容了。但我记得，他是用一种深知个中甘苦的、带几分悲凉的口气来谈创作的，他不但懂得创作的技巧，他更理解创作的心理、作者的心理。他深知写作的艰难，他好像多次用过"磨"这个词。一九六二年我们重逢的时候（当然，那时用不着我可怜他了，彼此彼此）他说过："我只能业余时间写一点，我是搞不成长篇了，一部长篇就磨白了头发。"他的话带着一种苦味儿，谈起创作来他很激动，有时用手势加强语气，他的这种劲头让我感到了他对创作这一门该死的劳动的神往。他向往创作，这是肯定的。尽管创作给他带来了灾难、不幸、死亡……有哪一只鸟不向往天空，哪一条鱼不向往大海呢？

一九五六年，我在北京一个工厂做共青团的工作。那个工厂的青年文学爱好者，请他去一起座谈了一次，此事我事先毫不知晓，当时我也不在场。但后来党委宣传部的一位负责同志（一位很质朴的好同志）却很紧张，说："怎么咱们都不知道他们就请来了萧也牧！萧也牧是被批判过的，对党是不满的，怎么请来了这样的人？"呜呼，因为他是被批判过的，所以他是对党不满的；因为他是对党不满的，所以应该对他进行批判。这种天才的、颠扑不破的、天衣无缝的逻辑有多么荒谬，多么愚蠢，多么残酷又是多么混账！这种逻辑或许至今还有市场的吧？

　　一九六二年，他曾把他的小说《大爹》的构思讲给我听，谈的时候他的两眼放着光，但他整个的人仍然沉浸在一种凝重、晦气的色调里。他的脸上总有一种"苦相"，有一种生理的痛楚的表情。他好像越来越知道写小说是一件"凶事"，而他又遏制不住自己。不久，他就提出"甘于沉默"的口号了，显然，他已经预感到了一点东西，老关节炎对天气总是敏感的。一九六三年，我去新疆前夕，他到我家表示惜别，我留他吃饺子。第二天，他要了出版社的车把我们全家送到火车站，然后是站台上的挥手，离去。

　　从此大家都沉默了，中国也沉默了，只有八个样板戏的锣鼓大吵大闹地渲染着新纪元的大好形势。直到一九七八年，我应中国青年出版社之约又来到北京，见到出版社的黄伊同志，才知道也牧同志已经长眠地下好久了。后来，我听一个当时在团中央干校的同志告诉我，也牧同志死得很惨。

中国文人的不幸遭遇确实很多。但解放以后的党员作家而命如此之"苦"，如萧也牧者，却也不多。粉碎"四人帮"以后，他本来可以呐喊、可以高歌了，然而，他已不在了——他永远地沉默了。也许，他还有许多话希望健在的同志替他说一说吧？

1980年7月

周扬的目光

　　如果我的记忆无误的话——我从来没有用文字记录一些事情的习惯，一切靠脑袋，常有误讹，实在惭愧——是一九八三年的岁末，周扬从广东回来。他由于在粤期间跌了一跤，已经产生脑血管障碍，语言障碍。我到绒线胡同他家去看他，正碰上屠珍同志也在那里。当时的周扬说话词不达意，前言不搭后语，以至尽是错话。他的老伴苏灵扬同志一再纠正乃至嘲笑他的错误用词用语。他自己也有自知之明，惭愧地不时笑着，这是我见到的唯一一次，他笑得这样谦虚质朴随和，更传神一点，应该叫作傻笑。眼见一个严肃精明、富有威望的领导同志，由于年事已高，由于病痛，变成这样，我心中着实叹息。

我和屠珍便尽量说一些轻松的话，安慰之。

只是在告辞的时候，屠珍同志问起我即将在京西宾馆召开的一次文艺方面的座谈会。还没有容我回答，我发现周扬的眼睛一亮，"什么会？"他问，他的口齿不再含糊，他的语言再无障碍，他的笑容也不再随意平和，他的目光如电。他恢复了严肃精明乃至是有点厉害的审视与警惕的表情。

于是我们哈哈大笑，劝他老人家养病要紧，不必再操劳这些事情，这些事情自有年轻的同志去处理。

他似乎略略犹豫了一下，然后"认输"，向命运低头，重新"傻笑"起来。

这是我最后一次在他清醒的时候与他见的一面，他的突然一亮的目光令我终生难忘。底下一次，就是一九八八年五次文代会召开前夕陪胡启立同志去北京医院的病房了，那时周扬已经大脑软化多年，昏迷不醒，只是在唤他的名字的时候他的眼睛还能眨一眨。毕淑敏的小说里描写过这种眨眼，说它是生命最后的随意动作。

周扬抓政治抓文艺领导层的种种麻烦抓文坛各种斗争长达半个世纪，他是一听到这方面的话题就抖擞起舞，甚至可以暂时超越疾病，焕发出常人在他那个情况下没有的精气神来。这给我的印象太深了。同时，没有"出息"的我那时甚至微觉恐惧，如果当文艺界的"领导"当到这一步，太可怕了。

一九八一或一九八二年，在一次小说评奖的发奖大会上，我听照例的周扬同志的总结性发言。周扬同志说到当时某位作家的说法，说是艺术家是讲良心的，而政治家不然云云。周说，大概在某些作家当中，把他是看作政治家的，是"不讲良心"的，而某些政治家又把他看作艺术家的保护伞，是"自由化"的。说到这里，听众们大笑起来。

然而周扬很激动，他半天说不出话来。由于我坐在前排，我看到他流出了眼泪。实实在在的眼泪，不是眼睛湿润闪光之类。

也许他确实说到了内心的隐痛，没有哪个艺术家认为他也是艺术家，而真正的政治家们，又说不定觉得他的晚年太宽容，太婆婆妈妈了。提倡宽容的人往往自己得不到宽容，这是一个无情的然而是严正的经验。懂了这一条，人就很可能成功了。

就是在那一次，他也还在苦口婆心地劝导作家们要以大局为重，要自由但也要遵守法律规则，就像开汽车一样，要遵守交通警的指挥。他还说到干预生活的问题，他说有的人理解的干预生活其实就是干预政治。"你不断地去干预政治，那么政治也就要干预你，你干预他他可以不理，他干预你一下你就会受不了。"他也说到说真话的问题，他说真话不等于真理，作家对于自己认为的说真话应该有更高的要求。他在努力地维护着党的领导，维护着文艺家们的向心力，维护着十一届三中全会以来出现的文艺工作蓬勃发展的大好局面，甚至为之动情落泪，殷殷此心，实可怜见！

在此前后，他在一个小范围内做了类似的发言，他说作家不要骄傲，不要指手画脚，让一个作家去当一个县委书记或地委领导，不一定干得了。他受到了当时还较年轻的女作家张洁的顶撞，张洁立即反唇相讥："那让这些书记们来写写小说试试看！"

我们都觉得张洁顶得太过了，何况那几年周扬是那样如同老母鸡保护小鸡一样地以保护文艺新生代为己任。但是彼时周扬先是一怔，他大概此生这样被年轻作家顶撞还是第一次，接着他大笑起来，他说这样说当然也有理，总要增进相互的了解嘛。

他只能和稀泥。他那一天显得反而是十分高兴，只能说是他对张洁的顶撞不无欣赏。

周扬那一次显得如此宽厚。

然而他在他的如日中天的时期是不会这样宽厚的，六十年代，他给社会科学工作者讲反修，讲小人物能够战胜大人物，那时他在意识形态领域的影响达到了一个相当的高峰，那时候他的言论锋利如出鞘的剑。他在著名的总结文艺界反右运动的《文艺战线上的一场大辩论》中提出"个人主义是万恶之源"的时候，也是寒光闪闪，锋芒逼人的。

一九八三年秋，在他因"社会主义异化论"而受到批评后不久，我去他家看他，他说到一位领导同志要他做一个自我批评，这个自我批评要做得使批评他的人满意，也要使支持他的人满意，还要使不知就里的一般读者群众满意。我自然是点头称是。这"三满意"听起来似乎很难很空，实际上确是大有学问，我深感领导同志的指示的正确精当，这种学问是书呆子们一辈子也学不会的。

我当时正忙于写《在伊犁》小说系列，又主持着《人民文学》的编务，时间比金钱紧张得多，因此谈了个把小时之后我便起立告辞。周扬显出了失望的表情，他说："再多坐一会儿嘛，再多谈谈嘛。"我很不好意思也很感叹。时光就是这样地不饶人，这位当年光辉夺目，我只能仰视的前辈、领导、大家，这一次几乎是幽怨地要求我在他那里多坐一会儿。他的这种不无酸楚的挽留甚至使我想起了我的父亲，他每次对于我的难得的造访都是这样挽留的。

他是从什么时候起变得有些软弱了呢？

我想起了一九八三年初我列席的一次会议，在这次由胡乔木同志主持的会议上，周扬已经处于被动防守的地位，吃力地抵挡着来自有关领导对于文艺战线的责难，他的声音显出了苍老和沙哑。他的难处当然远远比我见到的要多许多。

　　而在二十年前，一九六三年，周在全国文联扩大全委会上讲到了王蒙，他说："……王蒙，搞了一个右派喽，现在嘛，帽子去掉了……他还是有才华的啦，对于他，我们还是要帮助……"先是许多朋友告诉了我周扬讲话的这一段落，他们都认为这反映了周对于我的好感，对我是非常"有利"的。

　　当年秋，在西山八大处我参加全国文联主持的以反修防修为主题的读书会的时候，又亲耳听到了周扬的这一讲话的录音，他的每一个字包括语气词和咳嗽都显得那样权威。我直听得汗流浃背，诚惶诚恐，觉得党的恩威，周扬同志的恩威都重于泰山。

　　我是在一九五七年春第一次见到周扬同志的，地点就在我后来在文化部工作时用来会见外宾的子民堂。我由于对《组织部新来的青年人》受到某位评论家的严厉批评想不通，给周扬同志写了一封信，后来受到他的接见。我深信这次谈话我给周扬同志留下了好印象。我当时是共青团北京市东四区委副书记，很懂党的规矩，政治生活的规矩，"党员修养"与一般青年作家无法比拟。即使对于那篇小说，我不能接受那种严厉的批评，我的态度也十分良好。周扬同志的满意之情溢于言表。他见我十分瘦弱，便问我有没有肺部疾患。他最后还皱着眉问我："有一个表现很不好的青年作家提出苏联十月革命后的文学成就没有十月革命前的文学成就大，你对这个问题怎么看？"我回答说："这是一个复杂的问题，需要进行全面的调查和研究，需要掌握充分的资料，随随便便一说，是没有根据的。"周扬闻之大喜。

我相信，从那个时候起他就决心要一直帮助我了。

所以，一九七八年十月，报纸上是"文革"以来第一次出现了周扬出席国庆招待会的消息，我立即热情地给他写了一信，并收到了他的回信。

所以，在一九八二年底，掀起了带有"批王"的"所指"的所谓关于"现代派"问题的讨论的时候，周扬的倾向特别鲜明（鲜明得甚至我自己也感到惊奇，因为他那种地位的人，即使有倾向，也理应是引而不发跃如也的）。他在颁发茅盾文学奖的会议上大讲王某人之"很有思想"，并说不要多了一个部长，少了一个诗人等等。他得罪了相当一些人。当时有"读者"给某文艺报刊写信，表示对于周的讲话的非议，该报便把信转给了周，以给周亮"黄牌"。这种做法，对于长期是当时也还是周的下属的某报刊，是颇为少见的。这也说明了周的权威力量正在下滑失落。

新时期以来，周扬对于总结过去的"左"的经验教训特别沉痛认真。也许是过分沉痛认真了？他常常自我批评，多次向被他错整过的同志道歉，泪眼模糊。在他的生命的最后几年，他特别注意研究有关创作自由的问题，并讲了许多不无争议的意见。

当然也有人从来不原谅他，一九八〇年我与艾青在美国旅行演说的时候就常常听到海外对于周扬的抨击。那是没有办法的事。

我听到不止一位老作家议论他的举止，开会时，他当然是常常出现在主席台上的，他在主席台上特别有"派"，动作庄重雍容，目光严厉而又大气。一位新疆少数民族诗人认为周扬是美男子，另一位也是挨过整的老延安作家提起周扬的"派"就破口大骂。还有一位同龄人认为周扬的风度无与伦比，就他站在台上向下一望，那气势，别人怎么学也学不像。

还有一位老作家永不谅解周扬，也在情理之中。有一次他的下属向他汇报那位作家如何在会议上攻他，我当时在一旁，周扬表现出了政治家的风度，他听完并无表情，然后照旧研究他认为应该研究的一些大问题，而视对于他的个人攻击如无物。这一来他就与那种只知个人恩恩怨怨、只知算旧账的领导或作家显出了差距。大与小，这两个词在汉语里的含义是很有趣味的。周扬不论功过如何，他是个大人物，不是小人。

刘梦溪同志多次向我讲到周扬同志在十一届三中全会之后总结党的历史经验时说的两句话，他说，最根本的教训是，第一，中国不能离开世界；第二，历史阶段不能超越。

言简意赅，刘君认为他说得好极了，我也认为是好极了。可惜，我没有亲耳听到他的这个话。

我心目中的丁玲

　　这是一个危险的题目，因为丁玲是国内外如此声名赫赫如此重要的一位当代作家，因为她的一生是如此政治化，她面对过和至今（死后）仍须面对的问题是如此尖锐，因为她与文坛的那么多是是非非、恩恩怨怨纠缠在一起。还因为，在某些人看来，王与丁是两股道上的车，反正怎么样写也不得好，弄不好又会踩响一个或一个以上的地雷。再说，王与丁，分属于两代人，她开始文学生涯的时候鄙人尚未出世。我对她的了解极其有限，承蒙她老的好意，一九八五年六月签名赠送给我她的六卷本精装《丁玲文集》（湖南人民出版社版），我只是最近才为写这篇文章而捧起阅读的。这样，我写起来确实难免挂一漏万，郢书燕说，捕风捉影，以讹传讹，强作解人……总之什么不是都会落到自己头上。

这个难题的挑战性恰恰吸引了我。纪念胡乔木的文章就是这样写出来的。我说，这篇文章没有办法写，但是《读书》的编辑说："你行。"于是我就来了劲，冒起傻气来了。再说，在我的少年时代，我曾经那样地崇拜过丁玲。我读了一些谈到丁的文字，我又觉得与丁的实际是有着距离。你不写，谁写？

一位论者说，那些一九五七年出过事的青年作家，在七十年代末复出文坛以后，投靠了在文坛掌权的领导，而忘记了与自己同命运而与领导是对立面的老阿姨（丁玲）。

可是我至今记得在一九七九年丁玲刚刚从外地回到北京，我与邵燕祥、从维熙、邓友梅、刘真等人，在丁玲的老秘书，后来的《中国作家》副主编张凤珠同志引见下去看望丁玲的情景。我们是流着热泪去看丁玲的，我们只觉得与丁玲之间有说不完的话。

但是事隔不太久传来丁玲在南方的一个讲话，她说："北京这些中青年作家不得了哪，我还不服气呢，我还要和他们比一比呢。"

北京的中青年作家当时表现了旺盛的创作势头，叫作红火得很。当然作品是参差不齐的。大家听到丁阿姨的话后，一个个挤眼缩脖，说："您老不服，可是我们服呀，您老发表作品的时候我们这些人还不知道在谁的大腿肚子里转筋呢。我们再狂也不敢与您老人家比高低呀！"后来几年，我又亲耳听到丁玲的几次谈当时文学创作情况的发言。一次她说："都说现在的青年作家起点高，我怎么看不出来？我看还没有我们那个时候起点高啊。"

另一次则是在党的工作部门召开的会上，丁玲说："现在的问题是党风很坏，文风很坏，学风很坏……"

而在拿出她的《牛棚小品》时，她不屑地对编辑说："给你们，时鲜货……"

在一些正式的文章与谈话里，丁玲也着重强调与解放思想相对应的另一面，如要批评社会的缺点，但要给人以希望；要反对特权，但不要反对老干部；要增强党性，去掉邪气；以及对青年作家不要捧杀等等。（见《丁玲文集》——以下简称《文集》——第六卷233、365页）其实这也是惯常之论，只是与另一些前辈的侧重点不同，在当时具体语境下颇似逆耳之音。

于是传出来丁玲不支持伤痕文学的说法。在思想解放进程中，成为突破江青为代表的教条主义与文化专制主义的闯将的中青年作家，似是得不到丁玲的支持，乃至觉得丁玲当时站到了"左"的方面。而另外的周扬等文艺界前辈、领导人，则似是对这批作家作品采取了热情得多友好得多的姿态。

这一类"分歧"本身包含的理论干货实没有什么了不起。与此后的若干文艺界的某一类分歧一样，大致上是各执一词，各强调一面。这也如我在一篇微型小说里描写过的，一个人强调吃饭，另一个人强调喝水，于是斗得不可开交。但是分歧背后有更复杂的或重要的内容，分歧又与政治上的某种大背景相关联，即与左右之类的问题以及人事的恩怨问题相关联，加上文学工作者的丰富感情与想象力，再加上吃摩擦饭的人的执着加温……分歧便成了死结陷阱，你想摆脱也摆脱不开了。

一位比我大七八岁的名作家，一次私下对我说："丁玲缺少一位高参。她与××的矛盾，大家本来是同情丁的。但是她犯了战略错误。五十年代，那时候是愈左愈吃得开，××批评她右，她岂有不倒霉之理？现在八十年代了，是谁'左'谁不得人心，丁玲应该批判她的对立面'左'，揭露××才是文艺界的'左'的根源，责备他思想解放得不够，处处限制大家，这样天下归心，而××就臭了。偏偏她老人家现在批起××的'右'来，这样一来，××是愈批愈香，而她老人家愈证明自己不'右'而是很'左'，就愈不得人心了。咱们最好给她讲一讲。"

令人哭笑不得。当然，一直没有谁去就任这个丁氏高参的角色。

而从丁玲的角度呢，她和她的战友好友们悲愤地表示：从前批她"右"，是为了害她，现在看出来批"右"是批不倒她了，又批上她的"左"了，真是翻手为云，覆手为雨——说你"左"你就是"左"，说你"右"你就是"右"呀！

丁玲的所谓"左"的事迹一个又一个地传来。在她的晚年，她不喜欢别人讲她的名著《莎菲女士日记》《在医院中》《我在霞村的时候》；而反复自我宣传，她的描写劳动改造所在地北大荒的模范人物的特写《杜晚香》，才是她的最好作品。

丁玲到美国大讲她的北大荒经验是如何美好快乐，以致一些并无偏见的听众觉得矫情。

丁玲屡屡批评暴露"文革"批判极左的作品。说过谁的作品反党是小学水平，谁的是中学，谁的是大学云云。类似的传言不少，难以一一查对。

那么丁玲是真的"左"了吗？

我认为不是。我至今难忘的是《人民文学》的一次编委会。那时全国短篇小说评奖，中国作协是委托《人民文学》杂志社操作的。在讨论具体作品以前，编委会先务一务虚。一位老大姐作家根据当时的形势特别强调要严格要求作品的思想性。话没等她说完，丁玲就接了过去，以毋庸置疑的口气说："什么思想性，当然是首先考虑艺术性，小说是艺术品，当然先要看艺术性……"

我吓了一跳。因为那儿有毛主席《在延安文艺座谈会上的讲话》管着，谁敢把艺术性的强调排在对思想性的较真前头？

王蒙不敢，丁玲敢。丁玲把这个意思最终还是正式发表出来了。（见《文集》第六卷447页）

丁玲有一次给青年作家学员讲话，也是出语惊人。如她说："什么思想解放？我们那个时候，谁和谁相好，搬到一起住就是，哪里像现在这样麻烦！"

她又说："谁说我们没有创造性，每一次政治运动，整起人来，从来没有重样过！"

如此这般，不再列举。以免有副作用。我坚信，丁玲骨子里绝对不是极左。

那么怎么理解丁玲的某些说法和做法呢？

第一，丁与其他文艺界的领导不同，她有强烈的创作意识、名作家意识、大作家意识。或者说得再露骨一些，她是一种明星意识、竞争意识。因此，对于活跃于文坛的中青年作家，她与其说是把他们看作需要扶植需要提携需要关怀直至青出于蓝完全可能超过自己的新生代，不如说是潜意识里看作竞争的对手，大面上则宁愿看作需要自己传帮带、需要老作家为之指路纠偏的不知天高地厚、不成熟而又被她的对手吹捧起来的头重脚轻、嘴尖皮厚的一群。她是经过严酷的战争考验和思想改造的锻炼的，在党的领导人面前，她深知自己活到老改造到老谦虚到老的重要性必要性；但在中青年作家面前，她又深深地傲视那些没受过这些考验锻炼的后生小子。她自信比这些后生小子高明十倍苦难十倍深刻十倍伟大十倍至少是五倍。她最最不能正视的残酷事实是，出尽风头也受尽屈辱，茹苦含辛、销声匿迹二十余年后，复出于文坛，而她已不处于舞台中心，已不处于聚光灯的交叉照射之下。她与一些艺术大星大角儿一样，很在乎谁挂头牌。过去她让领导添堵也是由于这个，她从苏联开会回来就散布，在苏联爱伦堡几次请她讲话，并说："你是大作家，你应该讲话。"但她不是代表团团长。代表团团长是与她不睦的××。她引用爱伦堡的话说：那个××团长"长着一副作报告的脸"等等。请想想，这样的话传出去，她能不招领导讨厌吗？

（她说的并非完全不是事实，但中国国情与苏联不同，我们这里认的是谁是什么什么长，而不是谁是大作家。愈是大作家大什么家愈要把你摆平，这也是一种自由平等博"憎"，也许是乐感文化。）

那么，她看到那时的所谓中青年作家左一篇作品右一篇作品得奖，以及各种风头正健的表演——其中自然有假冒伪劣——她能不上火吗？恨屋及乌，她无法对十一届三中全会以来的文学潮流抱亲和的态度。当然，她也想立一些人，如写《灵与肉》的张贤亮，她为之不止一次地谈话和著文，但她已无法成事，她的支持中青年的动作的影响已经无法与××相比。还不如少支持一点打起另一面旗子。她的可爱其实也在这里。在这上头，她恰恰表示的是她是普通一兵，是骡子是马咱们拉出来遛遛。咱们比的不是年龄，不是资历，不是级别而是实打实的写作。她喜欢的位置在赛场上，而不是主席台上。她争的是金牌而不是满足于给金牌得主发奖或进行勉励做总结发言。见到年轻人火得不行而并无真正的得以压得住她的货色，她就是不服，她就是要评头品足，指手画脚，乃至居高临下，杀杀你的威风。这样的伟大作家前辈并不止她一个，而且，说老实话，如果不及时反省调整，王某人也会变成或已开始变成这样的角色。

其次是由于她的特殊政治经验特别是文坛内斗的经验。由于她长时期以来一直处境严峻，她回到北京较晚，等到她回来的时候伤痕文学已经如火如荼地火起来了。她那时虽然获得了平反，却也一度仍留着尾巴。而她认定应该对她的命运负责的××正在为新时期的文学事业鸣锣开道，思想解放的大旗已经落到了人家手里，人家已经成了气候，并受到许多中青年作家和整个知识界的拥戴，却也受到某些领导人与老同志的非议。她怎么办？她自然无法紧跟××，她要与之抗衡就必须高擎相对应的类似"反右"的旗帜。她在党内生活多年，深知自己的命运与领导对自己的看法紧密相关，这决定于是你还是你的对手更能得到党的信赖。要获得这种信赖就必须顶住一切压力阻力人情面子坚持反右，这是政治上取胜的不二法门——那位老作家的高参论其实没有丁玲高。她必须像爱护自己的眼珠一样地爱护自己的政治可靠性忠诚性政治信用性，亦即她的一个老革命老共产党员的政治声誉。她明确地下定义说："作家是政治化了的人。"（见《文集》第六卷230页）这来自她的血泪经验，也来自她的政治信念价值系统，当然有她的道理。燕雀安知鸿鹄之志鸿鹄之道？在鸿鹄们看来，根本用不着与那些书呆子燕雀雏儿讨论这种问题。

她的对手过去一再论证的就是她并非真革命真光荣真共产主义者，这有莎菲女士为证，有她的某些"历史问题"为证，有她的犯自由主义的言谈话语为证。这是对她的最惨重的打击。有了这一条她就全完了，再写一百部得斯大林奖的小说也不灵了。而她的生死存亡的决定因素是她必须证明她才是真革命的：这有杜晚香为证，有她的复出后的一系列维护党的权威歌颂党的领导以及领导人的言论为证。"一生真伪有谁知?"这才是她的最大的情意结。当差不多是她取得了最后胜利的时候,当她的对手××被证明是犯了鼓吹人道主义和社会主义异化论的错误,从而使党的信赖易手的时候,她该是多么快乐呀。

这样我就特别能理解她在"文革"后初复出时为什么对于沈从文对她的描写那样反感。沈老对她的描写只能证明她的对手对她的定性是真实的——她不是革命者马克思主义者,而只是一个小资产阶级、个人主义者。她必须痛击这种客观上为她的对手提供炮弹、客观上已经使她倒了半辈子霉的对于她的理解认识勾勒。打的是沈从文,盯着的是一直从政治上贬低她的××。你说她惹不起锅惹笊篱也行,灭不了锅就先灭笊篱,灭了笊篱就离灭锅更靠近了一步。这是政治斗争也是军事斗争的常识性法则,理所当然。她无法直接写文章批××;对××,她并不处于优势,她只能依靠党。与××斗,那靠的不是文章而是另一套党内斗争的策略和功夫包括等待机会,当然更靠她的思想改造的努力与恪忠恪诚极忠极诚的表现。对于沈从文,她则处于优势,她战则必胜,她毫不手软,毫不客气。她没有把沈放在眼里;打在沈身上就是打在害得她几十年谪入冷宫的罪魁祸首身上。

我还要论述，这里不仅有利害的考虑而且有真诚的信仰。革命许诺的东西太多太多了，要求的东西也太多太多了。一个人接受了革命，就等于换了另一个人——如毛泽东赠丁玲词所言：昨日文小姐（请注意，是小姐，这个称谓并不革命），今日武将军。过去种种比如昨日死，今后种种比如今日生。他或她时刻准备着为革命洒尽最后一滴血，为革命甘当老黄牛，忍辱负重，万死不辞。她在一九四二年六月即延安文艺座谈会刚刚开完时，触目惊心地论证道："改造，首先是缴纳一切武装的问题。既然是一个投降者，从那一个阶级投降到这一个阶级来，就必须信任、看重新的阶级……即使有等身的著作，也要视为无物，要拔去这些自尊心自傲心……不要要求别人看重你了解你……"（《文集》第六卷21页）没有对于革命或用丁的话即对于新的阶级的真情实感，是写不出这样的刺刀见红的句子的。这样激烈的言辞透露了她在文艺座谈会上受到的震动，也透露了某种心虚。把这样的作家打成右派，真是昏了心！无怪乎直到丁死后，其家属一直悲愤地与治丧人员谈判，要求将鲜红的镰刀斧头党旗覆盖在她的遗体上。而治丧负责人以按上级明文规定她的级别不够为由，并没有满足这一愿望。呜呼，痛哉！

　　而与此同时，一朝革命，便视天下生灵为等待拯救渴望指引嗷嗷待哺的黑暗中摸索的瞎子（这种心态表现得最充分的就是话剧《杜鹃山》。此话剧是教育雷刚们的，表达的却是柯湘们的自信）。一朝革命更视那些不大革命的人为糊涂，为落后，为盲瞽，为混账，为历史大波上浮沉的泡沫，最好也不过是一看二帮我说你服的对象。至于反对革命的人，那就只能是敌人了。对敌人仁慈就是对人民残忍。同时一旦革命也就视自己的革命者的身份为高于一切的宝贵。为了这个最宝贵的身份和名誉，人们不能害怕斗争，不能做好好先生，小不忍则乱大谋，人们可以或必须"缴纳"一切的一切。当下的小字辈可以不理解这些，却无法否认这种信念这种追求的真实性与历史必然性。

革命的崇高伟大与艰难牺牲决定了它的奋不顾身一往无前的决绝。丁玲自然不能讲情面。她认为她有权利也有义务反击不知革命为何物的沈从文对于她的歪曲——至少是对于她的未革命时的某一侧面的不合时宜的强调。为了革命的正义性，她可以毫不犹豫地不念与沈的旧谊。北京一解放，沈去看望丁，丁对他并不热情，联系一下当时的语境，我们就无法以不革命的庸人的观点去评说这件事。当时一个是老革命，是胜利者接管者掌权者，一个是老不革命，最好也不过是刚刚得到解放、刚刚开了革命之窍、肯定对革命还有许多糊涂思想的老知识分子，说不定还有若干需要审查的历史疑点，丁怎么可能以老朋友的态度对待沈呢？以革命家的身份衡量丁玲，丁玲未必是那么不近人情，而是更高的阶级情政治情原则情。丁玲为革命确实付出了不少东西，那么再把老友沈从文搁置一下，让分管沈的部门去处理，有何不可？沈和丁的恩怨沧桑更多的是历史造成的，我们当然不能责备沈老，同样也无法以一般人情世故的观点去责备丁玲。如果没有一点狂热和自豪，又哪儿来的知识分子的革命化？而中国知识分子的革命化，正是中国革命迅速取得胜利的一个因素，是中国革命的一个特点或者优点。当然，如果丁玲还活着，那么待以阶级斗争为纲的年代过去以后，在尘埃落定以后，也许我们愿意与她老人家共同假设一下，如果当初，她老人家不那么严厉，如果她当初也能尊重与自己的政治选择人生选择不同的知识分子，如果她能够多一点人情味，多一点平常心，多一点对芸芸众生的善意，有何不好，岂不更好？换句话说，一个革命者在取胜以后，在普天之下莫非革命之土以后，盛气凌人地炫耀自己的革命与傲视别人的不革命，究竟是有利于执政巩固革命成果还是相反呢？这也值得确实革过命的杰出人士们三思。

年轻得多的人无法理解丁玲的那种政治激情，有时把投身革命与什么仕途进退搅在一起，这会让革过命的人气得发疯。反过来说，如果认为一个人既然参加了崇高伟大的革命就超凡脱俗，从不考虑"仕途"（当然是别的词儿，如叫作进步或者信任或者关怀、考验）大概又太天真烂漫了。

那么，丁玲是一个政治家了？可惜不大是。丁玲是一个艺术气质很浓厚的人。她炽热，敏感，好强，争胜，自信，情绪化，个性很强，针尖麦芒，意气用事，有时候相当刻薄。在一九三一年写作的未完稿的《莎菲日记第二部》中，她的莎菲女士写道："不过我这人终究不行，旧的感情残留得太多了，你看我多么可笑，昨天竟跑了一下午，很想找到一点牡丹花……"（《文集》第三卷312页）这是她的一个夫子自道。到了半个世纪后她的《牛棚小品》里，丁玲描写她与陈明同志的爱情，竟是那样饱满激越细腻温婉，直如少女一般，令人难以置信，但这是真正的艺术的青春。一个确实政治化了的人绝对写不出那样的小品——却也让极政治化的人觉得肉麻。有一次是中篇小说评奖大会后的合影留念，她来了，坐下了，忽然看到了身旁座位的名签：××，就是她最不喜欢的那个领导，她噢了一声像被蝎子蜇了一下，立即站起身来。她的表现毫无政治风度。再比如她动不动打击一大片，只求泄愤，不顾后果，结果搞得腹背受敌；政治家决不会这样做。如她说什么作协创作研究室编辑的对于二十四个中青年作家的评论集是

"二十四孝"，用这样恶毒的话来树敌，暴露了自己的心胸不够宽广，窃为丁玲不取。然而，这才是丁玲，她的个性，她的光辉，她的感情气质，常常也表现在这里。

她的过分自信也表现在她晚年办文学杂志的事情里。在新侨饭店举行的创刊招待会上，她是如何喜气洋洋通体舒泰呀。她是以发表革命老作家的作品的理由来创办新刊物的，但是她主办的《中国》，实际上以发表遇罗锦、北岛等人的作品而引人注目。历史可真会戏弄人。她的创办刊物并未收到登高一呼、应者云集的效果，而是举步维艰。她的那些跟随者也并不总是买她的账，她不得不亲自出马，提着礼物去协调与自己的编委们的关系。她费了太多的精力去办刊，可以说是操碎了心。这影响了她晚年的写作，也影响了她的身体健康。她说过："我现在是满腹经纶，要写，但是时间不多了。"她又说："过去了的事情是空，是无。"她说得好惨。

她一辈子搅在各种是非里。她也用这种眼光看别人。她预言过中国作协将会发生"垂帘听政与反垂帘听政"的矛盾。她的预言并没有实现。画虎不成反类犬，本来是非政治家，太政治了反而没了政治，只剩下了钩心斗角。以至于她不可能正确地理解她的晚辈，她的同行。本来这些人可以成为她的忘年朋友。我本人几次去看望过丁玲，但是无法交心，不无防范戒备应对进退，着实可叹。

她本来可以写很多很多杰出的作品。她是那一辈人里最有艺术才华的作家之一。特别是她写的女性，真是让人牵肠挂肚，翻瓶倒罐。丁玲笔下的女性有一种特殊的魅力，娼妓、天使、英雄、圣哲、独行侠、弱者、淑女的特点集于一身，卑贱与高贵集于一身。她写得太强烈，太厉害，好话坏话都那么到位。少年时代我读了《我在霞村的时候》，贞贞的形象让我看傻了，原来一个女性可以是那么屈辱、苦难、英勇、善良、无助、热烈、尊严而且光明。十二岁的王蒙似乎从此才懂得了对女性的膜拜和怜悯，向往、亲近和恐惧，还有一种男人对女人的责任。这也就是爱情的萌发吧。少年的王蒙从丁玲那里发现了女性并从而发现了自己。从梦珂到莎菲到贞贞到陆萍（《在医院中》）到黑妮（《太阳照在桑干河上》），她特别善于写被伤害的被误解的倔强多情多思而且孤独的女性。这莫非是她的不幸的遭遇的一个征兆？小说这个玩意儿是太怕人了。戴厚英的《脑裂》不也是一样的可怕吗？也许丁玲的命运在一九二七年发表《梦珂》的时候已经注定了？是历史决定性格还是性格决定历史呢？是命运塑造小说还是小说塑造命运呢？《我在霞村的时候》里作者写道："我喜欢那种有热情的，有血肉的，有快乐，有忧愁，又有明朗的性格的人……"丁玲就是一个这样的人，或者本想做一个这样的人。然而她的环境和她自己的性情却不可能使她处处如愿，使她的实际状况特别是旁人的观感与她自己的设想有了距离。一个有地位的老作家兼领导曾对我说丁具有"一切坏女人"的毛病：表现欲、风头欲、领袖欲、嫉妒……为什么一个人的自我估量与某些旁人的看法相距如此之遥？这是说明做人之难吗？这说明相通之不易吗？这真是最大的遗憾了噢！"人大约总是这样，哪怕到了更坏的地方，还不是只得这样，硬着头皮挺着腰肢过下去，难道死了不成？""苦吗？现在也说不清，有些是当时难受，于今想来也没有什么……许多人都奇怪地望着我……都把我当一个外路人……"她在《我在霞村的时候》里写下的这些话（《文集》第三卷232、233页），莫非后来都应验了吗？

然而，把丁玲当外路人是不公平的，她的一生被伤害过也伤害过别人，例如她的一篇文章《作为一种倾向来看》就差不多"消灭"了萧也牧；但主要是被伤害过。她理应得到更多的同情，需知现时连周作人也得到了宽容的目光；一个人因追求革命而幼稚而做出过一些蠢事，总不能比不革命反革命的蠢事更受谴责。何况如今丁玲和她的友敌们大多已成为历史人物，历史已经删节掉了多少花絮——而丁玲的作品仍然活着。她的起点就是高。她笔下的女性的内心世界常常深于同时代其他作家写过的那些角色。她自己则比迄今为止"五四"以来的新文学作品中表现过的（包括她自己笔下的）任何女性典型都更丰满也更复杂更痛苦而又令人思量和唏嘘。同时她老了以后又敏锐地却又不无矫情地反感于别人称她为女作家。她认为有的女作家是靠女性标签来卖钱。但是她同时确实是一个擅长写女性的因写女性而赢得了声誉的女作家——谁能否认这个事实？怎么能认为所有的读者都是用一种轻薄的态度而不是郑重的态度来对待她的女性身份与女性文学特质？她这个人物，我要说她这个女性典型，这个并未成功地政治化了的，但确是在政治火焰中烧了自己也烧了别人的艺术家典型还没有被文学表现出来。文学对她的回报还远远不够。而她的经验很值得我和同辈作家借鉴和警惕反思。她并非像某些人说的那样简单。我早已说过写过，在全国掀起张爱玲热的时候，我深深地为人们没有纪念和谈论丁玲而悲伤而不平。我愿意愚蠢地和冒昧地以一个后辈作家和曾经是丁玲忠实读者的身份，怀着对天人相隔的一个大作家的难以释然的怀念和敬意，为丁玲长歌当哭。

1998年

永远的《雷雨》

　　为纪念曹禺先生逝世一周年，北京人民艺术剧院重新上演《雷雨》。我有幸被邀去看，距上一次看《雷雨》，倏忽四十余年矣。上一次是一九五六年，召开第一次全国青年创作积极分子会议时。（那时为了防止我们这一伙人骄傲，不让叫青年作家。）至今我记得儿童文学作家刘厚明看完于是之、胡宗温、朱琳、郑榕、吕恩等演的戏后对我说的话："我感到了艺术上的满足。"如今，厚明亦作古八年矣。

　　我从上小学就看《雷雨》，加上电影，看了不下七八次，许多台词——特别是第二幕的一些台词我已会背诵。我特别喜欢侍萍回忆三十年前旧事时说的"那时候还没有用洋火"这句话，我觉得现在的演员（不是朱琳）没有把这句话的沧桑感传达出来。我知道《雷雨》的情节与人物家喻户晓。我的缠足的、基本不识字的外祖母，在我七岁时就向我介绍过戏里的人物，她说鲁大海是一个"匪类"，而繁漪是一个"疯子"。

《雷雨》表现了人的与（旧）社会的罪恶，毫不客气，针针见血。戏里表现出来的罪恶主要来源有二，一是阶级，二是性。不但周朴园是剥削压迫工人"下人"的魔王，繁漪也是张口闭口下等人如何如何，把繁漪说得如何富有革命性乃至这样的人可以成为共产党员（请参看拙著《蹉跎的季节》）怕只是一厢情愿。《雷雨》是猛批了资产阶级的，比《子夜》揭露更狠，是现代文学史上突出地批判资产阶级的为数不太多（与反封建主题相比较）的重要作品之一。《雷雨》里充满了压抑、憋闷、腐烂、即将爆炸的气氛，这种气氛主要是由于周朴园的蛮横专制造成的。与憋气与闷气共生的，则是一股乖戾之气——早在明朝就有人注意到了弥漫中华大地上的一股戾气。《雷雨》里的人物，多数如乌眼鸡，一种仇恨的恶毒、一种阴谋和虚伪毒化着一个又一个的心灵。周朴园、繁漪、周萍、鲁贵、鲁大海，无不一身的戾气。当然，大海的戾气是周朴园逼出来的，你也不妨说旁人的戾气也应由周老爷负责——这就是戏之为戏了。实际上，找出了罪魁祸首直至除掉了罪魁祸首之后，各种问题并不会迎刃而解。但是压抑和憋闷再加上乖戾，就是在呼唤惊雷闪电，呼唤血腥，呼唤死亡——有了前边的那么多铺垫，你甚至会觉得不在最后一场死他个一串就是世无天理。从阶级斗争的角度来看，这种情势实际上是在呼唤革命。而从民主主义的观点来看，你也可以说是在呼唤民主——只有民主才能消除憋闷与乖戾二气。

戏里的阶级矛盾非常鲜明。每个阶级都有极端派或死硬派，有颓废派、天真派乃至造反派之类属。这种类属的配置，既是阶级的，又是戏剧——通俗戏剧的。有了这种配置，还愁没有戏吗？所缺少的，大概就是黑社会和妓女了，果然，到了《日出》里，这两类人物便也粉墨登场。

周朴园与鲁大海都很强硬。解放后的处理，加强了对于大海的同情，而减弱了他的"过激"的一面。但曹氏原作，似乎无意将其写成一个工人阶级的代表，他的工人弟兄的叛卖，也不符合歌颂工人阶级的意识形态要求。即使如此，整个压抑异常的戏里，只有大海拿出枪来整他的后老子一节令人痛快，令人得出麻烦与压迫还得靠枪杆子解决的结论。曹禺当时似乎还不算暴力革命派，但是从曹禺的戏里可以看到整个社会的矛盾和激化程度与激进思潮的席卷之势，连非社会革命派的作品里也洋溢着社会革命的警号乃至预报。呜呼！革命当然是必然的与不可避免的了。不管革命会付出多少代价，走多少弯路。不这样认识问题，就有向天真烂漫的周冲靠拢的意味了。

想来想去，全剧最具有人文精神的人物就是周冲，而周冲的表现竟成了讽刺，尤其此次演出，周冲给人的感觉如同滑稽人，着实令人可叹。四凤与鲁妈也够清洁的。但四凤叫人可怜，她的无知与奴性令人心烦——中国人毕竟走过了很长的一段路了。鲁妈更像一个圣者，一个理想主义者，她的撕支票至今仍然放射着反拜金主义的光辉。然而她抵抗不了"世道"，她是失败者，她可以到舞台上表演并赢得观众的同情的热泪，却于事无补；她无法兼善天下，连独善其身也根本做不到。她的质本洁来还洁去，令人想起失败的林黛玉来。她的不抵抗主义，则叫人想起圣雄甘地。她对"世道"的控诉，客观上也是通向革命的结论的。区区"世道"二字，承担了多少人多少代的仇恨与责任！这两个字在罪有应得的同时，是不是也太容易叫人忘却了自身的问题了呢？而不能自救者，能一定为世道改变所救吗？

对立的阶级都有自己的颓废派，或者叫叛徒，或者叫痞子。鲁贵是痞子无疑，繁漪被父子两代人逼得也采取了痞子手段：从盯梢、关窗、锁门到告密。由于解放后大家

110

喜欢搞两极对立思维，繁漪是划到"好人"这一边的，所以论者大多为贤者讳，不提繁小姐的这一面。周萍也是颓废派，他很痛苦，但此次濮存昕演的周萍，漫画化了，一举一动，观众都笑，连他最后为自杀开抽屉拿枪也是引起观众一阵哄笑，这太失败。濮存昕是一个优秀的演员，所以把大少爷演成这样的小丑，一个是两极对立的思维模式起作用，二是他还嫩，他不理解那种人格分裂的、自己极其痛苦也不断地给旁人制造痛苦的人物。

痞子的特点之一是出戏，它们是一种作料。正因为人皆不愿痞，人都要约束自己包装自己使自己成为正人君子；这样，潜意识里积存了不少痞能，便想在舞台上看看痞戏，发泄发泄，嘲笑嘲笑，使某些潜能情意结得以释放。很多大人物都有痞的一面，例如刘邦、赵匡胤之类。伟大的齐天大圣，从玉皇大帝的门阀观点看，也只不过是个痞子。生旦净末丑里的丑虽然排行最后，却是不可少的。更出戏的却是疯子，疯而后痛快，疯而后本真，这是对体制也是对文化的抗议——哪怕是半疯或佯疯或被污蔑为疯。繁漪就是应该有一点疯，在如此环境与遭际中不疯才是更大更可怕的精神疾患。而现在的演员把她演得一点不疯，反而减少了她的悲剧性。京剧里也是出来疯子就好看了——例如《宇宙锋》——否则，人人迈着方步，不是大人先生就是"坚陀曼"，还能有什么戏！我观看好莱坞影片已得出结论：中国样板戏的特点是戏不够，（阶级）敌人凑；美国肥皂剧与商业片的特点则是戏不够，心理变态凑。如果不写心理变态者，多少戏剧冲突都没有了呀。曹禺在这些方面，用得很充分。

　　这就又扯到了性。因为美国影片里的心理变态者多是穷追并杀戮女性。《雷雨》中，阶级的罪恶表现为性罪恶，处理罢工事件云云则只是虚写。而事物一旦表现为性罪恶，就有点原罪的意思了。谁让人这么没有出息，生下来就带着全套家什。而性罪恶中最刺激的一是强奸，一是乱伦。而比较常见的被老百姓谴责的性罪恶是"始乱终弃"。强奸云云，《雷雨》中未有表现。但是乱伦，戏里是写了个不亦乐乎。曹氏很有火候，第一乱是周萍与繁漪，二人并无血缘关系（但大少爷是他爸的亲儿子，所以也挺恶心）；第二乱，周萍与四凤，不知者不怪罪，只能罪天罪命。这就不像西方电影里动不动露骨地讲什么父亲与女儿如何如何，令人讨厌。现在，人们都知道什么弑父娶母的俄狄浦斯情结与恋父的伊赖克特拉情结了；其实要把弗洛伊德的学说贯彻到底，就应该讲讲周萍四凤情结。

　　《雷雨》里对周氏父子的"始乱终弃"也谴责得很厉害。半个世纪以前，即此戏诞生的年代，性问题上的一个重要观念就是男权中心，女子在性上永远是受害一方，被欺侮的一方，被"始乱终弃"者。同时，社会上又十分男性中心地厌恶与丑化女性之"妒"和此种妒之"毒"。这里既有事实根据，也有传统观念，这些都表现在《雷雨》里了。加上同情与可怜弱者，这戏的主题显得既传统又激进，既从俗又理想，它的价值判断有极大的接受面积。

《雷雨》已经在中国演了近七十年，七十年来长盛不衰。这确实是经典（即古典）之作，哪怕说此剧本有所借鉴，不是绝对的百分之百的原创也罢，只要戏好，就站得住，就大放光芒。其情节、人物性格与人物关系之周密与鲜明的处理，令人叫绝。同时，它的范式包括价值观念符合一个通俗戏的要求：乱伦、三角、暴力（大海与周萍互打耳光、大海用枪支威胁鲁贵）、死而又生、冤冤相报、天谴与怨天、跪下起誓、各色人物特别是痞子疯子的均衡配置、命运感与沧桑感、巧合、悬念，特别是各种功亏一篑、失之毫厘谬以千里的"寸劲儿"，都用得很足很满。这种范式很有生命力与普遍性，能成为某种套子，所以别的剧本也可以套用，例如话剧《于无声处》。这种范式却也常常成为此类艺术样式特别是作者自己前进中的绊脚石，它太成功了太严密了太满了，高度"组织化"了，已经组织得风雨不透啦——没有为作者预留下发展与变通的空间。

经典与通俗并非一定对立，在古代毋宁说它们是相通的，如莎士比亚，如中国的几大才子书，如狄更斯。愈到现当代，所谓严肃文艺与通俗文艺愈拉开了距离，真不知道该为此庆贺还是悲哀。

反正现在似乎不是一个古典主义的时代，现在的通俗也商业化得吓人。中国的话剧本来就是后来引进的品种，飞快地走完了人家欧洲百年路程，飞快地并且夹生地走过了经典加通俗的阶段。

说到这里我想起一个有关曹禺的鲜为人知的故事。一九八〇年夏，曹老叫北京市文联（那时，曹兼任北京市文联主席）的人告诉我，他某日某时要到我家去。我当时住在北京前三门一个总共二十二平方米的住房里，闻之深感不安。到了他指定的时间，他老来了，说是来看望"学习"。他说是再过几天七一，北京市委要召开一个座谈会，他该如何发言，希望我给"讲讲"。我颇意外，便胡乱谈了谈要强调三中全会精神呀之类的。我当然也借此机会表达了我对于曹老的剧作的喜爱与佩服。我们回顾了五十年代我把一个剧本习作寄他，他接待了我一次并赏饭的情景。他说："我一直为你担心……"他还感慨地说："这几十年我都干了些什么呀！王蒙你知道吗？你知道问题在什么地方吗？从写完《蜕变》，我已经枯竭了！问题就在这里呀！我还能做些什么呢?"他的说法非常令我意外,我也为之十分震动。然而,我无法怀疑他的认真和诚恳,虽然平素他说话或有夸张失实的地方,也有喜欢当面给旁人戴高帽的地方。

关于曹禺解放后未有得力新作,一般认为是由于环境与政策所致,或者如吴祖光先生所说,是由于曹禺"太听话"了,对此我无异议。但是,我想提出一个问题,即除了上述公认的原因之外,是否还由于他的这种经典加通俗的范式使他难以为继呢?这一点,甚至曹禺本人也认识到了,所以他在《日出》的跋里说:"写完《雷雨》,渐渐生出一种对于《雷雨》的厌倦。我很讨厌它的结构,我觉出有些太像戏了……过后我每读一遍《雷雨》便有点要作呕(!——王加的惊叹号)的感觉。"(《曹禺全集》第一卷387页,花山文艺出版社1996年7月版)艺术上到处是悖论:戏不像戏不行,太像戏也不行,因为人们期待于艺术的不仅是艺术本身,人们期待于艺术的是生活,是宇宙的展示,是灵魂的自白与拷问,是人类的良心、智慧、痛苦和梦幻的大火……所谓纯粹的戏剧诗歌小说,往往是颇可观赏的精美的工艺品,而不是大气磅礴的浑如天成的震撼人心的巨著杰作。这里,《雷雨》是一个例外。因为《雷雨》给人的感觉可不只是一个精美的工艺品,它充满了痛苦、诅咒和恐怖——略略有一点廉价,却确实激动人心。

《雷雨》可说是通俗的经典与经典的通俗。例外虽然例外，它的太像戏的问题却瞒不过曹禺自己。曹禺二十三岁（1934年，也是鄙人呱呱坠地的一年）就写出了戏得无以复加的，生命力至今不衰的，其地位至今无与伦比的，雅俗共赏的（也许实际是不能脱俗的）《雷雨》，幸耶非耶？他后来的剧作乃至生活，究竟有没有突破他自己感到的这个太像戏（经典加通俗）的问题呢？要知道早在一九三六年，曹禺已经为之作过呕了！

这也说明谁也赢不到、哪部作品也得不到即垄断不了百分之百的点数，甚至《雷雨》这样的红了六十多年至今超不过它的成功之作也不例外；因为自己没有得到满点就怨天尤人或者愤世嫉俗可能是一种过分的反应。

我对话剧相当外行，但曹禺过世后，我一直觉得应该为他写点什么，我爱他的剧作，但又实在不怎么理解他。例如他晚年的一次精彩就相当出人意料。我说的是一九九三年政协八届一次会议时，他扶病前来与中央领导会见，他发言建议将（当时的）文联和一些协会解散，而他本人就是文联主席。这堪称振聋发聩。呜呼，斯人已矣，何人知之？我的冒冒失失的妄言，有待方家教正。

1998年5月

独一无二的韦君宜

　　早在五十年代，我在北京市一个区做团的工作的时候，就有机会见到君宜同志了。她当时在《中国青年》杂志社工作，写了一些谈青年人思想修养的文章，写得很好，如《妹妹的故事》等。一些学校的团总支请君宜去作报告，我作为团干部前往旁听，发现她说话又急又有些口吃，和她的干净流畅的文笔相比，她的口才实在不强。

　　一九五六年，我发表了《组织部新来的青年人》，君宜同志主编的《文艺学习》组织了讨论，赞成与批评的意见都很热烈。她约我到她家里去过，同时见到的还有当时任市委书记的杨述。她（他）们与我交谈，是抱着关心帮助循循善诱的师长的态度的。他们的观点其实非常正统，但他们都十分与人为善。后来由于毛主席的干预,《组织部新来的青年人》的风波暂时平安度过。当然,等到反右开始,毛主席说过话也罢,刘少奇打过招呼(见今年第一期《百年潮》上的有关文字)也好,都没能保得住我,我还是在劫难逃地落水了。在最艰难的情况下,我听到杨述同志催促本单位为我早日摘帽子的事。

到了一九六二年,情况刚刚好一点,我就收到当时由君宜同志主持的人民文学出版社的约稿信,继而,她与黄秋耘同志多次与我见面,他们千方百计地帮我想办法,希望《青春万岁》能顺利出版。君宜还把我的短篇小说稿《眼睛》转给《北京文艺》发表。但后来很快"精神"又变了,他们对我的呵护,也没能达到预期的效果。

"文革"中她去过一次新疆,我去看望她,她是一句寒暄的话也没有,似乎不认识我。她吓坏了,她其实是不敢与我交谈。到了一九七六年,我爱人回北京探亲,她受我的委托去看望君宜,君宜也是一句话也没有。我理解,君宜是一个极讲原则讲纪律极听话而且恪守职责的人,她不会两面行事,需要划清界限就真划,不打折扣,不分人前人后。同时,我从来没有对她的与人为善失过信心。

进入新时期以来,她是极端认真地拥护党的三中全会精神并身体力行之的。她写出反响巨大的《思痛录》来绝非偶然，她用外在的要求克服内心的良知的经验太多了，她必须把这些"痛"告诉读者。

同时她是一个极诚实的人，最利索的人，从不模棱两可，从不虚与委蛇，从不打太极拳。办事，她没有废话，没有客套，没有解释更没有讨好表功，即使在最好的情况下你与她打交道也时而觉得太"干"得慌；由于形势的原因，她认为不能与你交谈更不能帮你的忙，那就干脆一句话都没有。她确实是做到了无私，她不承认私人关系，不讲人情世故。她也算是绝了。而最好的情况下，如果她与你的意见不一致，她也绝不照顾关系，哼哼哈哈。例如，八十年代我曾在某个场合说过文学总体上看是人类的业余活动的话，君宜不赞成我的话，她立即也在一定的场合表示异议。

君宜还有一件事给我的印象极深，她写作速度极快，而且能够抓紧一切时间，有一次在机场等飞机时，我也看到她在笔记本上奋笔疾书。她退下来后病中写下那么多好东西就是证明。然而，她长期服从党的安排做编辑工作，硬是牺牲了自己的写作，同时她帮助了那么多青年作者脱颖而出。这也表现了无私，这令人肃然起敬。

我常常想，在中国这个古老和讲谋略的国家，在有过那么多战略战术的国家，在经过了那么多沧桑和现代后现代炒作和姿态以后，还有君宜同志这样认真和纯洁的人吗？我不敢多想了。

1999年1月

难忘冯牧

冯牧去世了，这有点难以置信。因为他比起一些前辈来，并不算老。因为他确是常常生病，病了也就好了，好了，然后他又是热心地、滔滔不绝地谈着对于文学现状的看法，一半欢欣鼓舞，一半忧心忡忡，思绪连贯，层次分明，不停地接待来访者，接电话，接收邮件，忙忙碌碌，"日理千机"，好像没有病过，好像他住院时对于自己的病情的描述言过其实——都知道他胆子小。本来大家以为这次也与过去一样，病上一段，又会在一个什么研讨会上见到他，听到他的一以贯之的论述见解，看到他的孜孜不倦的身影。

冯牧有一种重要性，至少是在近十余年以来，他的意见受到文学界也受到各个方面的尊重。谁都不会忘记党的十一届三中全会前后，他为伤痕文学呐喊呼号，为思想解放运动而披荆斩棘的情景。长时期以来，他是中国作协的一个虽然行政职务并非最高，却是读作品最多，联系作家最广，关心文学事业的发展最热烈专注，陷入各种矛盾最多，被致敬与被骂差不多也是最多，对于文学事业的责任心最强，发表意见最多，或者可以从某种意义上说，他是最专职、最恪守岗位、最受罪，也最风光、最尽作家的朋友与领导责任、最容易兴奋，也最容易紧张的评论家、组织家、领导人。

他最令我感动的是他那样大量地阅读作品，他的那个阅读量也许会使常人发疯至少是病倒。他每天读各种新作到深夜。他把领导的职责、朋友的关注，以及与人为善的评论家的兴趣统一在自己身上。对比一下那种看看简报就把文艺界看成一塌糊涂，就连批带唬的文艺家，那种从概念到概念的拉大旗的捍卫者或趸入——批发者，我每每不能不产生一个疑问，一个基本上没有读过"时文"的人，他究竟是在怎么评价怎么导向研究怎么大话连篇又砍又杀又抢又夺的呢？

我第一次见冯牧是一九六二年，那时随着形势的某种松动，随着"文艺八条""文艺十条"等的制定，空气似乎有一点松动，中国青年出版社考虑出版我的处女作《青春万岁》，又拿不准，于是出版社请冯牧帮助审稿。冯牧读完早已在一九五六年排出来的校样，找我面谈，于是我看到了这位一脸书卷气，异常忙碌，说起话来口齿很清晰，神态专注，完全没有官腔官调，也没有虚饰应付之词的评论家。他说他完全不明白那些认为这部书还需要做较大的修改的人所提的那些"问题"，他相当热情地肯定了这一部书稿。似乎就在这一次，冯牧与另一位来访的同志谈起了刚刚结束的"八届十中全会"，提到了毛主席关于"千万不要忘记阶级斗争"的警告，冯牧现出了忧心忡忡而又心存侥幸的心态，嘴里发出一种咝咝声音，表示紧张不安。此后许多年，遇有风吹草动，冯牧就会咝咝一番，咝咝咝完了他也还在勉为其难地支撑着，维持着，执行着，维护着，力争多保护一点文学的生机。

后来与冯牧见面就是好时候了。在八十年代，他为伤痕文学鸣锣开道的时候，我听到了他的那些雄辩的发言。他特别热情地帮助一些青年作家，而一些青年作家确实是常常把冯牧看作自己的靠山。他的家总是宾朋满座，熙熙攘攘，大家的话题只有一个，怎么避开各种干扰，怎么样为文学争取一个更大的艺术空间，更好的创作气氛，怎么样让作家得到更好的发挥。

对于文坛，一种人是蝇营狗苟，自己没有真才实学却又勤钻营，多活动，能捞就捞一把的人当然为大多数作家所不齿。另一种人则是我行我素，井水不犯河水，靠实力让你文坛追求我，有好处我不拒绝，有麻烦，没有我的事。这也不失明智乃至伟大。还有更伟大的，就是对于文坛，对于同行，基本上采取深恶痛绝的态度，张口就骂，众人皆浊我独清，这样做也是完全有根据有收益也有代价的，这样骂文友，既出了气又比骂任何旁人都更安全，对此，我也不持太多异议。但也有一种态度，我指的是冯牧，他一直对于文学充满了责任感，一直低着头浇花耕耘，挨着上下左右的骂，也享有上下左右的友谊与尊重，一直硬着头皮做他认为是有益于中国的文学事业的工作。即使在人人都有自认为正当的原因对于文坛绝望对于作协撂挑子的时候，还会有一个冯牧在那里窝着火，忍着气，支撑着，维持着。

　　冯牧怕"左"也或有顶一顶"左"。为了文学，冯牧确实是谈"左"色变，冯牧最头疼的是那些不读作品就批一通的同志。冯牧其实也怕右爷的目空一切、大话连篇，到处拉了稀屎却要让冯牧等去擦屁股处理善后。读到那些句句话如匕首投枪刺刀见红的右爷狂爷，冯牧也是只剩下了嗯嗯嗯的份儿。只有一次，当站着说话不腰疼的朋友指手画脚地要求冯牧像他们一样地风凉着骂人的时候，冯牧与我咕哝过："真正到了时候，还不是得靠我们，靠荒煤我们去说去争取……"大意如此，底下就尽在不言中了。

上边有人对冯牧有意见，觉得他不够铁腕，就是说还是一手软了吧。作家有人对冯牧有意见，觉得他太胆小，太委曲求全了。新生代们也对冯牧其实不大买账，觉得他的文风啊名词都已落伍了。但同时，所有的这些对他或有某种不满意的人又都承认，他真是个好人呀！

也许在他走了以后，人们才会痛感到他的不可或缺。从领导方面来说，上哪里再找一个这样顾全大局，循规蹈矩，敬业勤"政"而又切切实实地联系着广大作家的文艺组织工作者去？从作家们来说，上哪里再找一个这样的良师益友去？就是那些大话吹破天的爷儿们，冯牧同志走了以后，谁还替他们兜着顶着应付着？站着说话不腰疼的主儿啊，冯牧去了，你们以后还有没有站着说话专骂旁人的福气呢？你们保重了。

而今后三十年五十年的文学事业的一切成就和光荣，一切痛苦和艰辛当中，你都会发现冯牧的心血，冯牧对于革命的文学的一往情深，冯牧的奔走与呼号，冯牧的带病操劳，冯牧的忍辱负重，冯牧的眦眦与微笑。冯牧活在中国的当代文学里。我们不会忘记冯牧。

别荒煤

说是这几年老天爷收作家。短短的一年，冯牧走了，艾青走了，端木蕻良走了，汪静之走了，这不，荒煤又走了。

八月底，我到医院去看望荒煤老，他已经相当衰弱，还是让人把床折叠成四十五度角，坐起身，然后为戴助听器又忙活了一阵，开始用低沉的声音与我说话。他说："关于电影，上次×××同志来看我，我就对他说，几十年的经验，搞电影最怕的是一窝蜂，提倡上什么就都上什么……"

我只能说："您多休息，您多休息……"他已经身患绝症，他自己还不知道——我怀疑他不可能一直不知道，但是既然别人瞒着他，他也就不说破——他挂念的仍然是文学、文艺、文化事业。

他的女儿不太满意，嚷说："还说这些呢，烦人不烦人呀，地球离了你就不转了吗？"她说话的声音很大，不怕荒煤听见。当然，亲人自有亲人的语言和情绪，女儿是心疼父亲，病成那个样儿了，还是文学文学，作家作家……

我也觉得荒煤未免太爱谈工作了。据说十月份他昏迷后又苏醒，刚一认人又谈上工作了。您就不知道歇息歇息吗？您就不知道您早已退居二线，现在又身患重症了吗？

可是我又想，不说这些又说什么呢？你让他谈最近的股票行情？谈吃食？谈天气？谈养生之道？谈饮酒的新顺口溜？谈哪里抢了银行，哪里争风毁容？还是谈商场商品，意大利皮夹克、18K金手链、青岛海尔热水器和火得不得了的餐饮业的"烧鹅仔"？不可能，荒煤老他见了我不可能谈这些。他一辈子只知道谈文学、文艺、文化，只知道探讨总结党对文艺事业领导的经验教训。

我想起了十五年前，当时正在讨论一部电影的问题，在一个层次很高的学习会上荒煤发言：他老老实实地承认"我就是心有余悸"，然后他替中青年作家说了许多话，一直说到稿费与所得税，力图证明现在的中青年作家并没有过几天好日子……他的发言给我留下了深刻的印象。我感到了他的天真和迂直，因为他的话不合乎时宜。

　　然后我又想到七十年代末期，他在社科院文学所时热情洋溢地召开的为新时期文学呐喊的一些座谈会。我那时刚刚从新疆回来，许多当时的与后来的文学界的活跃人物都不认识，倒是在他老召开的会上认识了不少人，也开了眼界。我并不绝对地同意他说的每一句话。但我知道他是自觉地为文学界的新人新事物鸣锣开道的。他认准了什么就去干就去说，几乎不设什么防。

　　我也想起我在文化部工作期间，他写来的密密麻麻的小字信，通篇都是为了文化工作的管理更加有效，文化市场的方向得到正确引导，文艺思潮上的一些偏向能够得到纠正……总之都是忧国忧民、忧文忧艺的，都是强调正确方向、马列主义的指导的，都是坚持党的文艺方针的。我想起他怎样热情地编辑《周恩来与艺术家们》一书来了，可以说，没有荒煤是不会有这本书的。

　　病重以后，他也还常常写这种密密麻麻的小字信。例如，他就给袁鹰同志和我写过"表扬"我们主编的《忆夏公》一书的信。

　　荒煤重感情，热心肠，常为受到谁的托付而给这里那里写信。他也写过一些其实不必他出面或由他出面并不合适的信，即他帮了不该帮的人。他的助人为乐有时候为他自己找了啰唆。但他还是写了，差不多是有求必应。他脸皮薄，不好意思拒绝人，包括绝对应该拒绝的人。这也不像多年"仕途"的人——年轻人把担任领导工作的人说成是走上了仕途，这也是荒煤等人始料未及的吧。

第一次见荒煤当然是老早老早以前，那是一九五六年开第一次全国青年创作积极分子会议——为了防止与会者骄傲自大，不叫青年作家会议——荒煤那时在文化部电影局工作，他在大会上讲话，号召青年创作积极分子多写电影剧本。他高高的个子，儒雅俊秀，一表人才。

时间不宽容任何人。等到他去世后一个多小时我在北京医院的病房见到了他的遗体，他也是安详的，然而，已经老、病得不成样子了。

我从来不会写挽联，但还是应约为荒煤写了一联：

一腔挚爱牛俯首
满腹沧桑马识途

他是孺子之牛，他是党和人民的一匹老马。如果再加一个横批呢，我想应该是："善良荒煤"。在这种类型的人已经不太多的时候，在人们日益老练起来而又实惠起来的时候，荒煤去了，一个风度翩翩、和蔼可亲、随时准备向任何求助的人伸出手来的荒煤去了。今后，我们的文艺工作者将怎样面对和解决荒煤至终了也还在念念不忘的那些问题呢？谁能不为之唏嘘落泪？

永远的巴金

在这个星空之夜，巴金走了。

如果设想一下近百年来最受欢迎和影响最大的一部长篇小说，我想应该是巴金的《家》。早在小时候，我的母亲与姨母就在议论鸣凤和觉慧，梅表姐和琴，觉新觉民高老太爷和老不死的冯乐山，且议且叹，如数家珍。

而等到我自己迷于阅读的时候，我宁愿读《灭亡》和《新生》，因为这两本书里写了革命，哪怕是幻想中的革命，写了牺牲，写了被压迫者的苦难和统治者的罪恶。我还记得《灭亡》的扉页上写的取自《圣经》上的一句话，说是一粒种子只是一粒种子，但是如果把它放到泥土里，它自身死了，却会结出千百万粒种子。这话使我十分震动，使我向往泥土，也向往并且震动于献身和牺牲的价值。

"文革"开始以后，我在伊犁，同院有一对工人夫妇，他们找了一本《家》偷偷阅读，读得津津有味，放低了声音告诉我他们阅读的感想。他们现在才知道《家》？这使我觉得他们未免少见多怪。到现在《家》仍然感染着征服着年轻的读者，这又使我赞叹感奋不已。然后我和妻把书拿过来，重新读一遍，仍然像读一本新书一样的心潮澎湃。

我也读过巴金写的与译的《春天里的秋天》《秋天里的春天》，还有《寒夜》《憩园》等等，我深深感到了巴金的热烈的情思，哪怕这种情是用无望的寒冷色调来表现的。甚至在他晚年以后，他写什么都是那样的充沛、细密、水滴石穿、火灼心肺。巴金的书永远像火炬一样地燃烧，巴金的心永远为青春、为爱、为人民而淌血。

只是在"文革"以后我才有机会见到老人，他忧心忡忡，他言之谆谆，他反思历史，他保护青年，他永远寄希望于未来。他远远不像许多作家那样善于辞令，善于表演，善于抖机灵式地卖弄。作为一个作家他太老实，太朴实无华，对不起，我要说是太呆气啦。

他在关于《家》的文字中一次又一次地书写："青春是美丽的。"所以他特别痛恨那些戕害青年、压迫人性、敌视文学艺术、维护封建道统的顽固派。他看到了太多的不应该不幸的人却遭到了不幸，他充满了感情的郁积。直到晚年，在新中国成立五十周年的前夕，他与张光年同志一起泛舟杭州西湖的时候，他才表示，（由于国家的发展）"现在中国人能够直起点腰来了！"

我在一次又一次的交往中，还从来没有听他老人家讲过一句这种欣慰的话。他太苦了。我从前说过，当代中国至少有两个痛苦的作家，一个是巴金，一个是张承志。这也是先天下之忧而忧，后天下之乐而乐吧。

巴金的作品其实一向直言不讳，拥护什么，同情什么，反对什么，都清晰强烈。一个爱国主义，一个人道主义，是他终身的信仰——这是他在迎接第五次作家代表大会的时候说的。他甚至于讲得有点极端，因为在另一个场合他曾经说自己不是文学家，他拿起笔来只是为了呼唤光明与驱逐黑暗。他喜欢高尔基的作品中描写过的俄罗斯民间故事，有一个英雄叫丹柯，他为了率领人们走出黑暗的树林，他掏出了自己的心脏，作为火炬，照亮了夜路。所以他一辈子说是要把心交给读者，他是这样说的，也是这样做的。他是一个用心用自己的全部生命来写作，来做人的人。所以提起历史教训来他永远是念念于心，他太了解历史的代价了，他不希望看到历史的曲折重演。在他的倡议下，世界一流的现代文学馆终于建成了，这是"五四"以来的现代文学的丰碑，也永远是巴金老人的纪念馆。没有巴金就没有现代文学馆。他还想纪念与记住一些远为沉重的东西，那样的记忆已经凝固在他的晚年巨著《随想录》里，把记忆和反思镌刻在人们的心底了。

　　"我已经快要走到生命的尽头了，但是我并不悲观，我把希望寄托在青年人身上……"在他年老以后，他一次又一次地这样说。他像老母鸡一样地用自己的翅膀庇护着年轻人。他与女儿李小林主编的《收获》本身就是勤于耕耘、勇于创新、尊重传统、推举新秀的园地。"要多写，要多写一点……"他一次又一次地对我说。在他还能行动的时候，每次我去看望他，他老人家总要边叮嘱边站立着……走出房门相送，而当我紧张劝阻的时候，他与女儿小林都解释说他也需要活动活动。我们握手，他的手常常冰凉，小林说他的习惯是体温维持较低，然而他的心永远火烫。他不怎么笑，有时候想说两句笑话，如说到张洁的一篇荒诞讽刺小说，但是他的神情仍然认真而且苦涩、无奈。有一次，我看他老态沉重了，便信口开河起来，我说作家之间的无穷内斗可以组织麻将大赛决定输赢，青年热血过度沸腾可以组织摇滚或秧歌大赛，优胜者可以免费环球旅行。他笑了。他用执着的四川口音重复我的话说："哦？这就是你的救世良策？"他每一个字都吐得那样认真，使我惶恐觳觫无地。事后我愈想愈悔，便打电话给小林致歉并检讨自己的放肆，但是小林说那次见面是他老一些日子以来最高兴的一次。唉，他总是那样诚实、谦虚、质朴、无私。他永远踏踏实实地活在中国的土地上。他提倡讲真话提倡了一生，却遭到过诋毁，曰："真话不等于真理"，倒像是假话更接近真理。现在，这种雄辩的嚼舌已经不怎么行时了，巴金的矗立是真诚的真实的与真挚的文学对于假大空伪文学的胜出。

想一想他，我们刚刚有一点懈怠轻狂，迅速变成了汗流浃背。

2005 年 10 月 19 日

半生多事(选章)

你依恋童年，你依恋生命，于是你回忆这一切。

故 乡

　　我是出生在北京沙滩的，那时父亲正在北京大学读书，母亲也在北京上学。但是我很认真地每次都强调自己是河北省沧州市（原地区）南皮县潞灌乡龙堂村人，我乐于用地道的憨鲁的龙堂乡音说："俺是龙堂儿的。"我一有机会就要表明，我最爱听的戏曲品种是"大放悲声"、苍凉寂寞的河北梆子。我不想回避这个根，我必须正视和抓住这个根，它既亲切又痛苦，既沉重又庄严，它是我的出发点、我的背景、我的许多选择与衡量的依据，它，我要说，也是我的原罪、我的隐痛。我为之同情也为之扼腕：我们的家乡人，我们的先人，尤其是我的父母。

　　大概我出生后过了一两年，我被父母带回了老家。我至今有记忆，也是我有生以来的最初记忆，我的存在应是从此开始。而我从小的困惑是在这些记忆以前，那个叫作王蒙的"我"在哪里。而如果此前并无王蒙的自我意识与我的自我意识，那么这个"我"的意识——其后甚至有了姓名，煞有介事——又是从哪里掉下来的呢？

我在夏日睡午觉，我被两只黑猫吓醒了，两只黑猫的眼睛是亮晶晶的棕红色。有点血腥，有点凶险。我不能断定的是是否我们在老家当真养着这样的猫。

我还有一个梦，在老家房后的梨园里（家人称之为后园子）玩耍，一脚陷入了一个大坑，我吓醒了。我闻到了秋梨的气息。

我记得祖母去世的一点情景，相信也是此年，也是夏日，在正房的相对比较大的厅堂里，许多人紧张地走来走去，说是奶奶死了。事后分析，这事情的发生大概是在凌晨，睡梦中被唤醒了，只记住了影影绰绰。

我的母亲董敏对奶奶的印象不佳，一直称之为"老乞婆"。此外我对奶奶一无所知。我的父亲王锦第（字少峰，又字曰生）提起奶奶抱极尊敬态度。父亲是遗腹子，只见过他的母亲而没有见过他的父亲。

很晚了我才弄清，我的祖父名叫王章峰，参加过公车上书，组织过"天足会"，提倡妇女不缠脚。算是康梁为首的改革派。

又有一个记忆涌现脑海：有一个词：逃难？逃什么难？应是卢沟桥七七事变，是从北京往乡下逃还是从乡下往北京逃？我记不清也问不出来了。后者的可能性更大，就是说我对于故乡的少量记忆来自我三岁以前的经历。逃难时母亲抱着我，坐着一辆马拉轿车。我的记忆是夜间宿在大车店时听到的马匹的吃草声和工人的铡草声，咔嚓，咔嚓，沙拉，沙拉……深夜，沉睡，我被咔嚓声吵醒，我似乎闻到了干草和青草的气息。有一匹大马充斥着我的印象与记忆空间。

我断定，我是先学会了说沧州——南皮话，后来上学才接受了北京话的，我虽然出生在北京，说话却和胡同串子式的京油子不同，我的话更像后来学会的普通话——"官话"而不是北京原生土话。至今我有些话的发音与普通话有异，例如常常把"我觉着"的"觉"读成上声，疑出自"我搅着"的读法。一直到十四五岁了，我回到家，与父母说的仍然是乡下话，而我的弟弟妹妹就不会说这种乡下话了。我的这些表现似乎是要大声强调，我，我们的起点是何等的寒碜！我们的道路是何等的艰难！本来就是这样土，这样荒野，这样贫穷落后愚昧，远离现代，不承认这个，就是不承认现实。

也是许多年后，我去龙堂的时候，才听乡亲告诉，我家原是孟村回族自治县人。后因家中连续死人，为换风水来到了离南皮（县城）远离孟村近的潞灌。本人的一个革新意识，一个与穆斯林为邻，密切相处，看来都有遗传基因。

一九八四年我首次在长大成人之后回到南皮——潞灌——龙堂。我看到的是白花花的贫瘠的碱地，连接待我的乡干部也是衣无完帛，补丁已经盖不上窟窿，衣裤上破绽露肉，房屋东倒西歪。我从县志上读到当地的地名与人名，赵坨子、李石头……还有我认为最具代表性的民谣：

　　羊尼尼蛋，上脚搓，

　　俺是你兄弟，你是俺哥。

　　打壶酒，咱俩喝。

　　喝醉了，打老婆。

　　打死（sā）老婆怎么过？

　　有钱的（dí），再说个。（王注，家乡人称娶媳妇为说个媳妇）

　　没（mú）钱的，背上鼓子唱秧歌。

至今，读起这首民谣，我仍然为之怦怦然。这就是我的老家，这就是北方的农村，这就是不太久前的作为伟大中华民族的后人的我们中多数的生活。

而父亲常常带几分神经质地告诉我，他小时候上厕所没有卫生纸可用，连石头土块也用光了，于是人们大便后在附近的破墙上蹭腚（肛门），结果一堵破墙的一角变得光滑锃亮。

这次回老家也找出一点事，一位年轻的当地农民数次来北京找我，他拿出判决书，告诉我他的哥哥因为盗窃牛只被判了刑，他生活困难。他不相信我没有"权力"使乃兄释放与给他解决挣现钱的工作岗位。我帮他到县里一个建筑工地做工，他不干。他后来又谈他的先人曾被侵华日军抓到日本当劳工，如何索赔的问题，我也未能给以明确的指引。我面对故乡，面对农民，低头寻思，拼命解释，一筹莫展，更像是在推托。

二〇〇五年春节，我与在京的亲属共访龙堂。那里已经面貌一新，治理次生盐碱化成绩显著，经过挖沟排碱，土地已经不见碱渍，到处都有塑料大棚之类的农业生产设施。乡亲们穿得圆圆囹囹，有的穿着皮夹克。新房很多。南皮的灯泡厂、汽车部件厂、针织厂、酱菜厂与县医院都搞得不错。县医院新添的德国造CT扫描仪，比北京医院的设备丝毫不差。龙堂的乡亲向我诉苦的是他们仍然喝着盐碱苦水。与二十年前相比，已经是天上地下，我颇感欣慰。

　　但是我的子侄们纷纷私下里说：怎么这样落后，改革开放在这里怎么没有成果？他们的根据一是村子里的道路有许多泥泞，一是农民家里的家具极差，找不到几把完整的椅子，更不要说沙发了。

　　南皮的一个邻县是同属于沧州的吴桥，吴桥的一大出名之处是它的硬气功，至今河北省的国际杂技节是以吴桥杂技节来命名的。我在文化部工作时批准了吴桥杂技学校的建立。家乡人有习武的传统，家乡话叫练把式，叫张跟头竖直溜。这些都好。但是同时，我们的家乡是清末义和团的一个基地，成为杂技成为武术的许多好东西，也极易带着我们的父老乡亲走火入魔，投合我辈"中华当然高明，非蛮夷能望其项背"的集体潜意识。关键是文化科学常识的缺乏与自我评价上的不肯或不敢面对实际。

　　沧州下属的黄骅县由于修建海港而出名。黄骅与天津间有一大片苇坑，一望无际，说是当年这片苇坑里出没着好几拨土匪。抗日战争爆发后，八路军来收编他们，他们提出要与八路军的干部赤身在芦苇塘中过夜比赛喂蚊子，八路军胜过了他们，他们乃进入了抗日队伍。当然，这更像口头传说。

　　我不知道是由于习武而性情暴烈，还是由于性情急躁而习武。家乡人说话嗓门大，像是吵架。家乡人爱骂人，骂得千奇百怪花样翻新，我在《活动变人形》一书中写了一些，使高雅的冰心老人看了不爽。家乡人还爱动手。一九八四年我坐着沧州文联的车去沧州，路上因超速行驶受到交警拦阻，迎接我的一位写作同行立即愤怒地下车与民警理论，好容易才劝解开。面包车恢复行驶以后，我的写作同行还脸红脖子粗地宣称："我要揍他！"

一位亲戚嘲笑我们家人（说话嗓门大）说："怎么个个像唱黑头的？"我当然不能忍受这种侮辱，我立即反唇相讥："我看你像是唱小旦的！"话虽然应对及时，不辱乡梓，但是我至今在家中突然动怒突然瞪眼之类的不良习惯，仍显然与乡风有关。

南皮出过一个大人物是张之洞，他的弟弟张之万也很有名。在唐浩明的历史小说《张之洞》里，写到张之洞受到的教诲："启沃君心，恪守臣节，厉行新政，不悖旧章。"我为之叫绝称奇。启沃是对上作宣传启蒙。恪守是讲纪律讲秩序。厉行是志在改革，向前看，一往无前。不悖是减少阻力，保持稳定……中国吗？深了去啦。

沧州是不是林冲发配的地方？我闹不清楚。沧州倒是修了山神庙，供游人凭吊梁山好汉。可惜的是山神庙后面的背景竟是一道高压输电线。蒋子龙（沧县）、柳溪（沧县）、旅马（来西亚）的女作家戴小华（青县），歌唱家李双江（南皮）、朱明瑛（南皮）都是沧州老乡。

过去本地人嘲笑沧州，叫作："一条大街一个楼，一个警察一个猴。"一条街是署前街，我姥姥家在此。一个楼是天主教会，旧称"洋楼"，这里有早年的西医医院。日伪时期说是要弄什么动物园，搞了一只猴子来，底下就没有下文了。

王任重同志是沧州相邻的景州人，沧州的狮子景州的塔，东光县的铁菩萨，都很有名。沧州狮子是生铁打造，仰首欲奔，形象生动。生铁经数百年而不太锈，奇怪。后来为它修了遮晒遮雨的棚子，从此大锈，走向腐烂，再找什么专家研究也没有辙了。

故乡是一个生死攸关的词儿。我完全不明白我为什么是沧州南皮人，这说明故乡何处的问题不是一个可以用"为什么"来讨论的合乎逻辑推理的问题。故乡就是命运，就是天意，就是先验的威严。故乡一词里包含着我的悲哀、屈辱、茫然与亲切、热烈，我要说是蚀骨的认同。

故乡是我的发生图，我个人的无极与太极，是我最初的势与能，最本初的元素，来自冥冥的第一推动力，是其后各种变化与生成的契机。我与我们，都是这样开始的。

越是年长，我越是希望能够与朋友共同重温我的故乡与初始，我的缘由与来由，我的最早（被?）设置的格式、定义、路径和密码，我希望能有所发现、有所破译。

而我之所以要有意识地强调自己的故乡性和初始化，还由于我已经隐隐感到，随着个人与家庭生活的城市化首都化国际化，随着社会的现代化全球化，随着与时俱进与一日千里，我的过去、我的故乡、我的初始将会淹没，我的故乡我的初始状态由于乏善可陈而将被漠视、轻蔑和忘却，我的童年的痛苦与心思、可怜的不开化的与傻气的种种经验和遗憾将被抹杀，我的此后的一切，将无法从根子上加以解释和回味。而我与他人与读者包括至爱亲朋的交流，将留下一堵厚墙，留下一大段一大块空白。

父 亲

　　我父亲王锦第，字少峰，又字曰生，北京大学哲学系毕业。他在北大上学时同室舍友有文学家何其芳与李长之。我的名字是何其芳起的，他当时喜读小仲马的《茶花女》，《茶花女》的男主人公亚芒也被译作"阿蒙"，何先生的命名是"王阿蒙"，父亲认为阿猫阿狗是南方人给孩子起名的习惯，去阿存蒙，乃有现名。李长之则给我姐姐命名曰"洒"，出自达·芬奇的名画《蒙娜丽莎（洒）》。

　　北大毕业后，父亲到日本东京帝国大学读教育系，三年毕业。回国后他最高做到市立高级商业学校校长。时间不长，但是他很高级了一段，那时候的一个"职高"校长，比现在强老鼻子啦。我们租了后海附近的大翔凤（实原名大墙缝）的一套两进院落的房子，安装了卫生设备，邀请了中德学会的同事、友人、德国汉学家傅吾康（Wolfgang Franke）来住过。父亲有一个管家，姓程，办事麻利清晰。那时还有专用的包月人力车和厨子。他与傅吾康联合在北海公园购买了一条瓜皮游艇，我们去北海划船不是到游艇出租处而是到船坞取自家的船。有几分神气。

这是仅有的一小段"黄金"时代，童年的我也知道了去北海公园，吃小窝头、芸豆卷、豌豆黄。傅吾康叔叔曾经让我坐在他的肩膀上去北海公园，我有记忆。我也有旧日的什刹海的记忆，为了消夏，水上搭起了棚子，凉快，卖莲子粥、肉末烧饼、油酥饼、荷叶粥。四面都是荷花荷叶的气味。什刹海的夏季摊档，给我留下美好印象的是每晚的点灯，那时的发电大概没有后来那么方便，摊主都是用煤气灯。天色黄昏，工人站在梯子上给大玻璃罩的汽灯打气，一经点燃，亮得耀眼，使儿童赞叹科学、技术和用具制造的神奇。

父亲大高个儿，国字脸，阔下巴，风度翩翩。说话南腔北调，可能他是想说点显阅历显学问的官话，至少是不想说家乡土话，却又没有说成普通话。他喜欢交谈，但谈话思路散漫，常常不知所云。他热爱新文化，崇拜欧美，喜欢与外国人结交。惠我甚多的一个是反复教育我们不得驼背，只要一发现孩子们略有含胸状，他立即痛心疾首地大发宏论，一直牵扯到民族的命运与祖国的未来。一个是提倡洗澡，他提倡每天至少洗一次，最好是洗两次澡。直到我成年以后，他最喜欢做的一件事就是邀我们包括我的孩子们他的第三代人到公共浴池洗浴。第三则是他对于体育的敬神式的虔诚崇拜，只要一说我游泳了爬山了跑步了，他快乐得浑身颤动。他的这些提倡虽然常常脱离我们的现实条件而受到嘲笑抨击，但仍然产生了影响，使我等始终认定挺胸洗澡体育不但是有益卫生的好事，而且是中国人接受了现代文明的一项标志。

父亲对我们进行了吃餐馆ABC的熏陶，尤其是西餐。怎样点菜，怎样用刀叉，怎样喝汤，怎样放置餐具表示已经吃毕或是尚未吃好。他常常讲吃中餐一定要多聚几个人，点菜容易搭配，反而省钱。而西餐吃得正规，他佩服得五体投地，并对不认真的、没有样儿的吃饭，如蹲吃歪着身子吃趴着吃看着报纸吃疾恶如仇。

父亲强调社交的必要性，主张大方有礼，深恶痛绝家乡话叫作"怵（chǔ）窝子"的窝窝囊囊的表现，说起家乡的女孩子在公开场合躲躲藏藏的样子，什么都是"俺不!"，父亲的神态堪作痛不欲生。

母亲一生极少在餐馆吃饭，偶然吃一次也是不停地哀叹："花多少钱呀！多贵呀！……"而父亲，哪怕吃完这顿饭立即弹尽粮绝，他也能胜任愉快地请人吃饭，当然如果是别人请他，他更会兴高采烈，眉飞色舞。我曾经讽刺父亲说："餐馆里的一顿饭，似乎能够改变您的世界观，能使您从悲观主义变成乐观主义。"父亲对此并无异议，并且引用天知道的马克思语录，说："这是物质的微笑啊！"

童年的随父用餐给过我不美好的印象。父亲和一位女士，带着我在西单的一家餐馆用餐，饭后在街上散步，对于我来说，天时已晚，我感到的是不安，我几次说想回家，父亲不理睬。父亲对此女士说："瞧，我们俩带着一个小孩散步，多么像一家三口啊。"女士拉长了声音说："胡扯！"后来又说了一些话，女士又说了胡扯，胡扯还是胡扯。我什么都不懂，但是我有一种本能的反感。而且我大致想，父亲并不关心我的要求。

第二天我向母亲"汇报"了这次吃饭的情况。反响可想而知，具体究竟随此事发生了什么，我记不起了。但是母亲从小告诉我父亲是不顾家的，是靠不住靠不上的。我的爱讲家乡话和强调自己是沧州——南皮人的动机中，有反抗父亲的"崇洋媚外"，也许还有"弑父情结"在里头。

数十年后，在父亲已经离世十余年后，我有一个机会在江南一座城市见到此位当年的父亲的（女）朋友，如今的老教授。也是一种缘分吧。我想见见这个人，她发表过文学评论，有见解。我实在看不出她当年的风采来。而母亲此前也说过，她漂亮。时间是破坏一切漂亮的。有一说，傅吾康与先父，都曾对此女性有好感。我读到过此位阿姨给傅的信，信里提到父亲，用语多有不敬，有什么办法呢？人是分三六九等的，晦气的人不会得到太多的尊敬。我完全理解，我只能轻叹和一笑。在我长大以后，我与她谈得很愉快。我帮她出了一本小书。

　　没有多久，父亲就不再被续聘当校长了，我事后想来，他不是一个会处理实务的人。他宁愿清谈，大话，叫作大而无当，树立高而又高的标杆，与其说是像理想主义者，不如说是更易于被视为神经病。他确是神经质和情绪化的，做事不计后果。他知道他喜欢什么，提倡什么，主张什么，但是他绝对不考虑条件和能力，他瞧不起一切小事情，例如金钱。他不适合当校长，也不适合当组长或者科长，不适合当家长，他又是一个最爱孩子的父亲，对这后一点，母亲也并不否认。在他年近六十岁的时候他说过一句话，他人生的黄金时代还没有开始。这话反而使我对他有些蔑视。他最重视风度和礼貌，他绝对会不停地使用礼貌用语，谢谢与对不起、你好与再见、请原谅和请稍候，但是他不会及时地还清借你的钱。他最重视马克思与黑格尔、费尔巴哈与罗素，但是他不知道应该给自己购买一件什么样的衬衫。如果谈境界，他的境界高耸入云。如果谈实务，他的实务永远一塌糊涂。

立竿见影，校长不当，大翔凤的房子退掉了，从此房子搬一次差一次直到贫民窟。父亲连夜翻译德语哲学著作，在《中德学志》上发表他的疙里疙瘩的译文，挣一点稿酬养家糊口。他的德语基本上是自学的。英德日俄语，他都能对付一气，但都不精。

父亲热心于做一些大事，发表治国救民的高论，研究学问，引进和享受西洋文明，启蒙愚众至少是教育下一代，都不成功。同时，他更加不擅长做任何小事具体事。谈起他的高商校长经历，父亲爱说一句话："我是起了个五更，赶了个晚集呀。"天乎？命乎？性格使然乎？下面还会不断地回到这个话题。

母　亲

　　我的母亲本名董玉兰，后改为董毓兰，解放后参加工作时正式命名为董敏。

　　父亲多次对我说过，策划他的婚事时他提出了两点要求：一个是他要看一下本人，就是说要目测一下；一个是此人必须上学。后来就在沧县第二中学，他看了一眼，接受了这项婚事。我的外祖父就是二中的校医嘛。媒人是一个老文人，名叫王季湘。在我上小学以后，王老先生来过我家，我母亲说他做错了这件事，害了她一生。

　　母亲个子不高，不大的眼睛极有神采，她常常不能控制自己的表情，转眼珠想主意，或者突然现出笑容或怒容。

　　她是解放脚，即缠足后再放开。母亲上过大学预科，解放后曾长期做小学教师。她出生于一九一二年，一九六七年退休，是养老金领取者，她善于辞令，敢说话，敢冲敢闯，虽然常常用词不当，如祝贺一个人的成就时说你真侥幸——原意是说你很幸运。

我想她也过过短暂的快乐的日子，我上小学以前，她曾每周定期到北京的一个庙会点西城的护国寺学唱京剧。很巧，现在护国寺也是专用的京剧剧场人民剧场所在地，还是梅兰芳故居所在地。我很小就听她唱《苏三起解》的西皮流水。

此后，她曾与她的姐姐董芝兰（后名董效，后在户口上的用名是董学文），两个人共谋一项事由（职业）：北京女一中图书仪器管理员。有两个女生与她们二人交往，一名白艺，一名柏淑清。她们四人一起学唱《天涯歌女》《四季歌》和《卖杂货》，这三首周璇唱红了的歌曲，也是我与姐姐王洒最早学会的三首流行歌曲。

母亲也读书，冰心、巴金、张恨水、徐志摩她都读过。她知道了许多"五四"带来的新思想，她直到很老了还多次说过，越懂得一点新思想，她就越是痛恨痛惜痛苦，她恨得咬牙切齿，为什么人家就能过那样的人生，而她的人生是这样倒够了血霉，她的人生只有痛苦、屈辱、恶劣……

她不喝牛奶（老年后喝了），不吃奶油，不喝茶，当然，不吸烟也不喝酒，不吃馆子。所有上述享受她都认为太浪费，与父亲的习惯完全不同。

她喜欢听河北梆子，一说起《大蝴蝶杯》就来情绪。我以为大喊大叫的地方戏曲是一种对她的精神麻醉。

此外她的生活尤其是精神相当紧张，一个是一直经济困难，无保证。一个是她感觉她常常被人攥（骗）了。父亲对于家庭的财政支撑有时是灵感式、即兴式的，他声称给过家里不少的钱，但他也会无视家庭的固定需要而在毫无计算计划的情况下一高兴就把刚领到的月薪花掉一半去请客。父亲适合过富裕的生活，为此他习惯于借钱与赊账，有时是不负责任的赖皮式的赊账。我见过他怎样地对付来要账的小伙计，令人汗颜。而只要他富裕，他就优雅绅士，微笑快活，吃馆子，吃西餐，结交名流，请客，遇事慷慨解囊。他对俗务和他最缺少的银钱一万个瞧不起。他说过只要他的潜力发挥出来了，钱算得了什么？他说过自己适合当老板，不适合当雇员，适合有钱，不适合没钱。就是说，如果他当了有钱的老板，他会很宽厚，很仁德，说话行事都极漂亮。而作为一个贫穷的雇员，他简直就是一无可取，白白浪费嚼裹（消费品）。他极喜欢花钱，却拒绝考虑如何挣钱与还债，更不要说节约与储蓄。

然而，他面对的是常常吃了上顿没有下顿的妻儿与亲戚。这并不是戏剧场面。我的记忆里不止一次，到了吃晚饭的时候，母亲、姥姥、姨坐在一块儿发愁："面（粉）呢？没面了。米呢？没米了。钱呢？没钱了……"可以说是弹尽粮绝，只能断炊。然后挖掘潜力，巧妇专为无米之炊，找出一只手表、一件棉袄或是一顶呢帽，当掉或者卖掉，买二斤杂面（含绿豆粉的混合面粉）条，混过肚子一关。

　　这样母亲就对父亲极端不满意。她的精神紧张的更主要的原因是她无法与王锦第相处，不能信任她的丈夫。她同时渐渐发现了父亲的外遇，至少是父亲希望能有机会结识更多的年轻貌美新派洋派的女性。尤其是在父亲的校长职位被炒，我的外祖母董于氏（解放后报户口时起名于静贞）、姨妈董效到来之后，她们三个人经常做的一件事就是聚在一起，同仇敌忾地研究防范和对付父亲的办法。

　　我当然无法做出判断，究竟是谁更加伤害了谁。我只记得从小他们就互相碾轧，互为石碾子。他们互相只能给予伤害和痛苦，而且殚精竭虑地有所作为——怎样能够多往要害处给对方一点伤害，以求得多一点胜利的喜悦。你伤我一分，我伤你十分，当然是我胜了。父亲曾经给过母亲他已经登记作废了的旧图章，作一切收入由母亲做主状，母亲立即喜笑颜开，如同苍天降福。而等到母亲去领薪的时候，才知道是上当受骗。

母亲下了狠招，她的一个直捅死穴的做法是搜集父亲交往的学界教育界人士乃至名流的名单名片，然后她一个个地突击拜访，宣称父亲如何不负责任，如何使妻儿老小陷入饥饿，如何行为不端。

这时候我们已从大翔凤搬至西城的南魏儿胡同十四号。最可怕的事情似乎发生在这个院子里。父亲住在北屋，墙上挂着郑板桥的字（拓印）"难得糊涂"。这幅字几十年后我在德国汉学家傅吾康的汉堡家中发现了，当然是父亲送给他的。我相信，父亲没有少向傅教授借钱。

有许多发生在这所住房的场面至今令我毛骨悚然。父亲下午醉醺醺地回来。父亲几天没有回家，母亲锁住了他住的北屋，父亲回来后进不了房间，大怒，发力，将一扇门拉倒，进了房间。父亲去厕所，母亲闪电般地进入北屋，对父亲的衣服搜查，拿出全部——似乎也很有限——钱财。父亲与母亲吵闹，大打出手，姨妈（我们通常称之为二姨）顺手拿起了煤球炉上坐着的一锅沸腾着的绿豆汤，向父亲泼去……而另一回当三个女人一起向父亲冲去的时候，父亲的最后一招是真正南皮潞灌龙堂的土特产：脱下裤子……

河南作家张宇有一句名言，你想找农民吗？不一定非得去农村，你所在的大学、研究所、领导机关、外事俱乐部……哪里不是农民？哪个教授，哪个艺人，哪个长官，哪个老板不是农民？信哉斯言！

写下这些我无地自容。也许这是王蒙的白痴，也许这是忤逆，是弥天的罪，是胡作非为，哪有一个人五人六能这样书写自己的父母，完全背弃了避讳的准则。是的，书写面对的是真相，必须说出的是真相，负责的也是真相到底真不真。我爱我的父亲，我爱我的母亲，我必须说到他们过着的是什么样的生活，我必须说到从旧中国到新世纪，中国人过的是什么样的生活。不论我个人背负着怎样的罪孽，怎样的羞耻和苦痛，我必须诚实和庄严地面对与说出。我愿承担一切此岸的与彼岸的，人间的与道义的，阴间的与历史的责任。如果说出这些会五雷轰顶，就轰我一个人吧。

南魏儿胡同十四号，父亲住北屋，姥姥和二姨住东屋，我、姐姐和母亲住南屋，院子里有一座大藤萝架，春天开着紫花，香气扑鼻，藤萝花可以和到面团里加上白糖做蒸饼。花开了结成大荚，那样雄壮和辉煌的大荚却没有用场。我小时候常常计划长大以后研究和开发藤萝荚。

有什么办法呢？在各种可怕的事件发生的同时，我保存着对于藤萝小院的欣赏，保持着开发藤荚的幻想。这才是王某。

高商校长之后，父亲到北师大与北大任讲师。后来此职也被炒。我们搬到了附近的受壁胡同十八号。父亲后来离开了北京。在兖州、徐州短期任教，后来到了青岛，任李庄师范学校校长。可叹的是在倒霉的时候，父亲在家里的表现好多了，说话和气，点头哈腰，作揖打躬，唯唯诺诺。母亲、二姨、姥姥，都庆幸父亲的"改邪归正"，还用了些"浪子回头金不换"的熟语以资鼓励。乡亲们也说是岁数再大一点自然就会好了……而只要他的情况好起来，他与家属的矛盾就进入白热化的阶段。原来，人的各种问题各种麻烦的出现，恰恰是自身的处境改善了好多了的表现，岂不悲哉？

正是在中国，人们常常会把修身、齐家、治国与平天下视为一体一揽子，也只有在汉语中，国家——古代更多的是叫家国——一词中，既包含着国的意思也包含着家的含义。我就是从自己的家中知道了什么叫旧社会，什么叫封建，什么叫青黄不接的社会转型，知道了历史的过渡要人们付出多少代价，承受多少痛苦。以为不必革命，只要好好地念《三字经》《弟子规》就能秩序井然地过太平日子，这样的人是太白痴啦。

精彩与荒谬

　　应该是一九四四年，春节前夕，父亲托人给家里带来了信与年货。信里有一个重要的叮嘱，就是要注意洗澡，每天都要洗，可以洗一次，也可以洗两次。他带来的礼物尤其辉煌：一个是一盒巧克力糖，从包装到味道对于我们与其说是神奇，不如说是匪夷所思。另一项礼物就太伟大了，是商务印书馆出的一套玩偶：白雪公主与七个小矮人，彩色，木质，有底座；可以放在地上，另有一个木槌，一个弹子，玩时用木槌打弹子，看能击中哪个木偶。它们确实在我与姐姐眼前打开了一个神奇的世界。

　　是不是这次我记不清了，他还给我们买过拼贴图形的日本原版的"活动变人形"，色彩十分艳丽。一本书，上、中、下三部分，都可以翻页。三页分别是人体上、中、下三部分的图形，这样不同的翻页带来不同的人形。说实话，这并没有使我感到兴趣，我甚至对于这样的任意组合心怀忐忑。

母亲恨得咬牙切齿。对于急需日用补贴的母亲来说，父亲的行为几乎是一个挑衅，是与妻儿、与家庭、与现实、与生活的决裂。她给父亲起的绰号是"外国六"，是"猴儿变"，前者说他脱离国情，全盘西化；后者说他一会儿一变，像一只猴子一样不可捉摸，靠不住。后来，母亲的评说更加厉害，说父亲是"社会一害"。而父亲对母亲和她的母、姐，则称为"三位一体""愚而诈"……

母亲在京有两位乡亲，一位孙姓经商，一位张姓行医，这两个人都是母亲心目中的男人典范，正当职业，稳定收入，夫妻和睦，顾家顾子……在一次吃饭的场合，母亲委托了其中一人教训父亲，据说还动了手。这些最最沉重的经验我写到《活动变人形》里边去了，但是我要说明，倪吾诚自杀的情节并非父亲的亲历。

在我的童年，我有多次被母亲带出去进行公关活动，拜访乡亲和父亲的朋友（其中我记得的有德语学者、北师大的一位系主任余天休），谈话内容两方面：一个是父亲不管家，她带着两个（后来是三个、四个）孩子过日子如何困难；二是请求接济，形同乞讨。我则以自己的聪慧、乖觉与营养不良加强母亲的话的可信性与动人性。没有固定收入的五六口人生活在北平（后为北京），居然一直活了下来，确也算奇迹。母亲的活动的中心围绕着生存，围绕着防止家庭的崩溃。父亲提过离婚，但是母亲只要一说赡养费的事情父亲就透心凉了。与此同时，孩子从两个变成了三个，又从三个变成了四个。这不但尴尬，而且……我无法再写下去。

在可怕的南魏儿胡同，在父亲房间里我看到过他留日期间的日记，对不起，我当时只有六七岁，我不懂得尊重隐私。有两页给我留下了印象：

一页上写道："昨夜宿于日本暗娼家……"

一页上写道："收到玉兰来信，既无情感，也无问候，只是要钱，奈何奈何？"

看得我心惊肉跳。同时我下了决心，一辈子不做父亲那样的人，不做对不起女人的事。我那时就懂得了怎么样正确运用反面教材了。

父亲的用品里有两样则很可喜。一个是"燕京八景画册"，使我早就知道了"卢沟晓月""琼岛春阴"等说法，产生了对于北京的感情。至今我保有这本画本。还有一个椰子壳做的茶罐，上面有日文字与富士山的素描，是父亲从日本带来的吧，这个罐子一直保存到解放以后，后来自身老化裂开了。父亲还挂过一幅油画，画的是天坛祈年殿，白云蓝天，对比得有些生硬，但非常真切，据说画家是一位哑人。

父亲喜欢读书，有时是整天读书，喜欢喝茶，我则受母亲影响曾经认为喝茶属于奢侈，并质问父亲既然经济困难为何不喝白开水。同时，我也觉得整天读书太枯燥太呆板。

父亲常走路散步，骑过马，更是游泳的发烧友，解放后的夏天，他几乎每天有两三个小时在游泳。他带我在颐和园南湖五月中旬就下过水。

父亲不会唱歌也不懂音乐，一次我要他唱歌，他的五音不全的声调实不敢恭维。但是我的童年还是有机会从父亲处得到老志诚的国乐音乐会与白云生的京昆表演的票。从前者，我记住了"汉宫秋月"与"高山流水"的曲目名称，但是对旋律没有印象。

父亲喜欢结交人，见了谁都热情主动打招呼，攀谈，以致有时我与姐姐觉得他太殷勤，有失尊严。我们向他提出意见，他很沮丧，也很不以为然。他大概认为，他与人打招呼而对方对他冷淡，应该责备的当然不是他而是对方，打招呼是一个文明，冷漠才是装腔作势，是野蛮。解放后五十年代他喜欢引用的是赫鲁晓夫的话：对人冷淡是犯罪。

父亲喜欢喝咖啡，但是上世纪六十年代有一次朋友问我怎么样煮咖啡，我去问父亲，父亲不能回答有关煮咖啡的任何技术问题，看来，他没有条件在家里煮咖啡，他只是喝过端上来的咖啡罢了。

父亲喜欢讲哲学，讲苏格拉底、柏拉图、黑格尔。他的生命后期绰号王尔巴哈。我问他什么是哲学，他的回答是罗素说过，哲学是在一间黑屋子里寻找一只黑猫，而这只黑猫并不存在。据一个我认识的朋友说，父亲讲课不是很成功，他说得乱，没有重点，没有主线。

父亲严厉抨击故乡，专门给我讲家乡的愚昧、落后、残酷。从小手淫和吸鸦片。地主女性最喜欢的就是调查别人的隐私：叫作听窗户根儿……他表示理解用各种不文明的手段在土改中对付地主婆，例如把一只猫放到地主婆的私处。

父亲崇拜科学，在全家断粮的情势下，他得到一点钱先买一件温湿度计，认为这种东西有科学含量。解放后我送给过他一瓶鱼肝油，他狂喜地大喝不止，喝得腹痛腹泻仍然兴高采烈。

父亲突然喜爱艺术了，虽然他自称不懂"风花雪月"。他为妹妹王鸣报过京剧班儿的名，幸亏没有录取。对不起，他更注意的是减少子女的生活与教育开支，我以为。

然而父亲一辈子没有坐过飞机，自日本留学归来后再没有出过国门，没有过一笔存款，最后他离世的时候，连一块属于自己的手表都没有。

我曾经抱着沉痛、同情却也是轻视与怜悯的态度回顾父亲的一生。我认定他一事无成。只是在老父弃世以后许多年，我的一个异母弟弟在父亲的墓地上说了一句话，他说父亲的一生的最大贡献就是走出了龙堂村，他说父亲的墓碑上必须写上"龙堂"的字样。走出龙堂并不容易，父亲说家乡的地主最希望的是孩子早早吸上鸦片，这样就一辈子不会离开乡土，不会受新潮尤其是革命潮流的影响了。

我很震动，这可是不得了啊。如果没有走出龙堂村，王蒙的一生会是什么样子呢？就算你有天大的本事，你能混成什么样呢？机遇呀，天地呀，空间呀，平台呀，谁能掉以轻心？

谢谢了，亲爱的爸爸，你的追求虽然不果，但是你毕竟为我们创造了最起码的条件。廉价的取笑与抹杀前人的努力，就是有罪，就是理应得到生活与历史的惩罚。这样的惩罚自然就活该天公地道地落到我王蒙的头上。

慈祥与温暖

　　我的四个长辈：父、母、姨和姥姥都极爱我，我从小生活在宠爱之中。五岁时一次父亲带我去看牙齿，等候上公共汽车的时候，他说要去取一点钱。然后他去了一个地方，过了一会儿他出来了。我记得他本来戴着一顶西式礼帽，但现在没有了。我问他的帽子哪里去了，他不回答。然后我记得他带我去了牙科医院还磨洗了牙齿。后来我指着那个父亲取钱的地方对母亲说，这是父亲取钱的地方。母亲连忙喝止。后来我识了字才知道那里写着的招牌是"永存当"三字。

　　父亲和我与姐姐玩搏斗，我们规定谁要输了就举起小拇指，我与姐姐拼命攻击，往往都是父亲认输。

只要买到好吃的或带我们到了餐馆，父亲就说，他像是一只老母鸡，最高兴的就是叫了小鸡来吃它找到的虫子。

　　我们从小就有一个印象，父亲不好，母亲好。这方面母亲给我们天天灌输。我们对父亲的态度经常不那么好。父亲和我们在一起经常要教育我们，怎样说话，怎样道谢，怎样行礼，怎样端正坐姿、立姿与行走姿势，必须纠正"八字脚"，还有怎么样待人接物。为此我们觉得自尊受到侵犯，而且产生反感，素日不给我们做饭，不给我们做衣，不管我们的功课，不与我们生活在一起的这个人，一见面就教育，多么讨厌！

　　母亲则多半是为孩子们服务。一次我吃面条，我说太咸了，不吃，母亲就放醋，醋又放多了，更不好吃了，我哭了起来，母亲的表情像犯了大错误一样，一再向我抱歉。这个事我长大后后悔莫名。

　　我有时感到饥饿，母亲就用白面做成糊糊加上红糖给我吃，我也被理解成被说成爱吃糨糊。还有一种最简单的食品，把馒头或玉米面窝头切成小块儿，放一点葱花、酱油、香油，拌着吃。

　　我已经记不清我是说过什么话了，母亲认为我说得太狂妄太"不孝"了，便忽然与二姨联合滔滔不绝地向我进行起教育来，天色已晚，我都快睡着了，还在教育着，我感到极其疲劳。我从小就知道，疲劳教训，只能制造灾难。

姥姥带我去白塔寺庙会，买药给我点（杀）痦子，用一点类似稀释的硫酸之类的东西，抹到痦子上，如火烧般疼痛。几天后，这粒痦子消失了，脸上多了一个小坑，别处又长出了几粒痦子。

我们基本上住在西城，西四——平安里一带。白塔寺、护国寺，给我的童年带来许多欢乐，大声吆喝着（像侯宝林相声里说的那样）卖布头儿的，卖红绒花（春节时戴）的，卖空竹的，卖糖葫芦、大茶壶沏油茶（油炒面）和茶汤的……花样很多。还有练武功卖大力丸的，最可笑的是我记得有一次卖野药者举蒋介石与宋美龄的例子来推销大力丸，大意是蒋那样忙碌，需要温存，故而需要大力丸。天桥有名的唱戏人"大妖怪"也在白塔寺唱过戏。那座藏式白塔也很好看。我的姥姥董于氏常常带我去这些庙会去玩……你依恋童年，你依恋生命，于是你回忆这一切，使所有的寒酸都变得温煦，所有的匮乏都变成纯朴，所有的恶劣都变成别具一格；何况光阴的逝去确实带走了一些美好的一去不复返的东西。

对过去白塔寺、护国寺庙会的兴奋也给我带来了灾难。一次看过庙会上的"练把式"（功夫表演），回到家我便在床上耍吧起来，一阵头重脚轻，倒栽葱跌了下来，脸摔到了一个瓦盆上，受了不止一处伤。还有一次直接栽到地上，砰的一声，几乎晕了过去。

我第一次书法作业写"红模子"，现成的纸上印着红字："一去二三里，烟村四五家。亭台六七座，八九十枝花"，学写字也学数数，历代的孩子们这样写下来，亲切而又古远，你觉得中国儿童上学也是源远流长，铭心刻骨。那时候没有这么多现成的墨汁，有墨汁也是奇臭难闻，那个时代的防腐剂甚不发达。小学生先要研墨，对于生手来说，研墨已经搞得到处是黑迹了，再用毛笔将红字涂黑，偏偏笔头是想东偏西，自己拐弯出岔，完全不听使唤，我急哭了。姥姥便佘太君亲征，捉刀代笔，没想到她老人家的描红模子的水平比我强不了多少，弄得我们俩一脸黑一手黑，纸上也是黑迹斑斑。最后由于二人用力太过，毛笔头也掉下来了，便去买松香粘笔头。我更加焦躁起来，怎么样收的场，已经不记得了。

离家不远的北沟沿路（现名赵登禹路）西有一家小文具店，姥姥称之为"高台阶"。要上很高的台阶，铺面进深极小，堆满纸张，一进屋就是浓烈的文具味道与白纸耀目的反光。我的受教育离不开这座高台阶商店。

姥姥没有上过学，识字有限，但是能背诵千家诗："云淡风轻近午天，傍花依柳过前川……"更喜欢背："眼空蓄

170

泪泪空垂，暗洒闲抛知向谁。尺幅鲛绡劳解赠，叫人哪得不伤悲……"这是林黛玉的诗，"知向谁"云云，现在一般作"却为谁"，"哪得不伤悲"，现在则多为"焉得不伤悲"了，不知是姥姥背诵有误还是另有所本。

二姨念的唐诗则是："打起黄莺儿，莫叫枝上啼。啼时惊妾梦，不得到辽西。"想到二姨从十九岁守寡的特殊经历，此诗令人欲哭无泪。

姥姥和二姨吟诗有一种特有的调子：

多——拉多拉——梭～～拉，

米米瑞～～米梭梭米瑞～～多多，

瑞瑞～～多～～瑞米～～梭——瑞～

多瑞米梭～～瑞多拉～～多梭——

旋律虽然平板，但仍然有一种烦闷和哀伤的感觉。

二姨似乎在他们三个人当中最有"才华"，她的毛笔字写得不错，最喜读书，有一点小钱就去租书摊租书，张恨水、耿小的、刘云若的言情小说与郑证因、宫白羽、还珠楼主的武侠小说都看。二姨说话常带流行小说语言，如冤家宜解不宜结，如冤家路窄、血海深仇……但是我不明白，为何二姨长期将"路见不平拔刀相助"读成"拔力相助"。

二姨常常辅导我的作文，有一次作文题是《风》，描写了一段飞沙走石的大风以后，结语处二姨增添了这样一句话："啊，风啊，把这世界上的一切黑暗吹散吧！"我完全不明白写风为什么要牵扯到世界与黑暗，也不知道到底世界与黑暗是什么意思。但是我的作文的结语处被老师画了许多红圈，显然二姨代笔的警句，大受赞赏。

二姨也受过"五四"以来的新文学的影响，提起冰心、庐隐、巴金、鲁迅，她都极表尊敬。在辅导我的作文时二姨也很喜欢用一些新文学的词，如"潺潺的流水""皎洁的明月""满天的繁星""肃杀的秋风""倾盆的大雨"等。但她们对我的教育，则主要是传统文化，她们多次引用的格言是：满招损，谦受益。知之为知之，不知为不知，是知也。世上无难事，只怕有心人。家有良田千顷，不如薄艺随身。读书破万卷，下笔如有神。读书深处意气平。只要功夫深，铁杵磨成针。

父亲的教诲则显然属于新学、西学范畴：关于健康、关于礼貌、关于社交、关于公共场合的行事规则等。

二姨吸烟，喝酒。吸的是几分钱一包的"珍珠鱼"，喝的是散白酒。她爱说的是："我无夫无儿无女无房无地无钱，我只有这一口烟和酒啦。"

二姨常常自言自语，眉飞色舞。尤其是她早晨洗脸梳妆的时候，她像一个仪式一样地自言自语乃至痛骂啐唾沫好半天，令人惊心动魄。二姨经常梳卷头，用刨花水定型。

她直到五十九岁在新疆辞世，头发仍然是黑色的。二姨喜欢擦粉，被我母亲戏称为"大白脸"，她擦成大白脸的时候样子吓人，像鬼，擦白以后再洗净，我不懂这是一种什么样的化妆术。

我常常为自己生活在这样一个家里而感到幸福，就像有时感到不幸一样。最大的幸福是我们家的孩子不挨打，最多是挨骂和听受训诫。我们住在受壁胡同十八号的时候，里院正房住着一家白姓人家，他们有姐弟许多孩子，大姐叫白洁慧，一个弟弟叫白洁莹，一个堂弟叫白洁玺。他们家对儿童的体罚我也为之丧魂失魄。尤其是姐姐洁慧的挨打，还没有开打已经听到杀猪一样的叫声，据说是要跪下来打屁股，用木板直到藤条抽打。那种呼天抢地的声音，也许差似日本宪兵队的刑讯室。有时候体罚在入夜后进行，我已经入睡，一声惨叫令我发抖。有时候第二天我看到了挨打者的鼻青脸肿与羞耻恐慌的神情。说是挨打是由于逃学或者考试不及格。这更使我知道学习的重要性与严肃性了。里院的打孩子竟然也对我们产生了杀鸡吓猴的作用。此后，我也想，谁说"五四"新文化运动在我们家收效甚微呢？起码做到了我们这一代人不在家里挨打。

而且，我们家的人，我要说是国人，都特别讲感情，讲抒情。争吵的时候不共戴天，什么难听的话、杀人的话都讲得出来，而又时常感觉到亲情，感觉到谁也离不了谁；甚至感动起来说许多惭愧和动情的话、傻话，并且能及时归因于此前的冲突是受了挑拨，找出一个顶缸的祸首来。

如同梦魇

我常常问我自己，说还是不说？作为一个写作人，稍稍美化一下自己的长辈，避开那些太沉重、太屈辱、太丢人的事情，是不是伦理的义务、起码的准则？

有多少写作人，写起来义愤填膺，横扫千军，时日曷丧，与汝偕亡！多少写作人是冤情如海，怒火如炼狱。多少写作人是人人对不起他或她，是整个世界对不起他或她。写作人就没有做过对不起旁人的事吗？不就是依仗着一支笔几个字一些绝妙好词儿把自己打扮成苦主，而把有关的人装扮成魔鬼？

多少人在要求别人忏悔呀，却并不用自己的真诚忏悔带动他人，不想从自身做起。这本身已经有些滑稽，当然也有他的道理。

在所有的灾难过去以后，人人成了冤屈者，人人在那里吐苦水和揭发旁人。有几个写作人能够做到我不入地狱谁入地狱，能说出关于自己的实话来呢？而不管你写得多么伟大勇敢挑战点火如旗杆如大纛如昆仑、喜马拉雅，如果你对自己的事讳莫如深，你的话还是可信的吗？

比如当年写信求见、见完了又给受自己托付帮助联系求见者的友人写下了感激涕零的感受的一位人物章女士，等到迎合潮流揭出了点玩意儿，从而颇有响动以后，立即用一种傲然青松的口气讲自己求见的故事了，而且换一个腔调嘲讽自己当年巴不得一见的人，这样的人是硬骨头还是信口雌黄的小贩呢？

我的回忆面对祖宗，面对父母师友，面对时代的、各方的恩德，也面对着历史，面对未来，面对天地日月沧海江河山岳，面对十万百万今天和明天的读者；就算我说出了最真实最深入的东西了，仍然是不够真实、不够深刻的，我永远做不到百分之百，我仍然感到对不起读者和历史。我怎么能只说对自己有利的那一点呢？我怎么能有意隐瞒，有意歪曲呢？如果我承认我做不到百分之百，难道我可以放弃说出来的努力吗？我必须说出来，我必须告诉你们。

我少年时曾为诗："在我们的奇异的家庭里，有太多的纷争，也有太多的亲密……"

可怕的不仅在于父母的纠纷，而且，在父亲不在的时候，被称为"三位一体"的相濡以沫的三个长辈也常常陷于混战。为什么战我已经说不清了，当然很重要一点是钱，愈是困难就愈怕旁人占了自己的利益。还有那种高度紧张、警惕的精神状态，父亲称之为性恶论，每一句话都可能是欺骗自己的谎言，每一分钟都有被最亲近的人"攮"了的可能。

记不起原因，但是我记得她们对骂的场面与言语，她们跳起来骂：出门让汽车撞死。舌头上长疔。脑浆子干喽。大卸八块。乱箭穿身。死无葬身之地。养汉老婆。打血扑拉（似指临死前的挣扎、搐动）。有时是咒骂对方，有时是"骂誓"，是说对方冤枉了自己，如自己做了对方称有自己辩无的事，自己就会出现这样的报应，而如果自己并未做不应做的事，对方则会"着誓"，即不是自身而是对方落实种种可怕的场面情景。骂的结果，常常她们三个人也各自独立，三人分成三方或两方起灶做饭，以免经济不清。这母女三人确实说明着"他人就是地狱"的命题。

当然也常常反省，有一次三个人到老家去了，下火车时失散了姥姥，两个人回到北京家中，却没了她们的母亲。两个人极其不安，挂念、寻找"咱娘"，最后娘回来了，三个人抱头痛哭，一面哭一面发誓，以后再不吵架了。当然，以后，仍然会为一个莫须有的小事大吵大闹，如同死敌。

不但三人间吵，甚至骂到邻居。由于怀疑或者确实是邻居（恰恰也是沧州同乡）说了自己的坏话，隔墙大骂。邻居的女儿是我的同学，也在解放前夕参加了革命，解放后很小的年龄，嫁给一位著名的革命领导干部与学者。后被划为右派，"文革"初期自杀。她的故事，我写在中篇小说《蝴蝶》的海云这个人物上。

我还要说，骂仗甚至发展到我的姐姐和妹妹身上，以最仇恨的言语给儿童以毁灭性的毒害。读者还记得《活动变人形》里的女孩倪萍的故事吗？

家庭成员中处境最优越的是我，所有的长辈，不管他们之间有什么样的冲突，都宠爱我，所以我就有了几分超脱和高雅，有了几分（对长辈们的）怜悯和蔑视，有了几分回旋余地。一个落后的野蛮的角落里的宠儿，这就是童年王蒙。

她们多次为家事见官。在沧州，姥姥曾经过继过一个儿子，名董福元。后来姥姥与两个女儿认定此子不好，上了法庭与之断绝关系。我听她们不无骄傲地回味姥姥穿着绸子袄裤"过堂"的场面。解放后，为赡养费用的事母亲与父亲过过堂，为经济纠纷，母亲与二姨及姥姥也上过派出所或过过堂。她们都能直捣要害。在一次冲突中，母亲指出姥姥是地主，而二姨指出母亲的儿子即王蒙是右派分子。

我不认为这只是一个家庭、一组人物的故事。早在明代，我国已经有人提出社会上广泛存在的戾气问题来了。古老的中国，积累了光荣也积累了屈辱，积累了灿烂也积累了乖戾，积累了文明也积累了野蛮，积累了事功也积累了压抑，积累了辉煌也积累了痛苦。而新学、西学的冲击，呼唤着悲壮的先行者也呼唤着皮相的浮躁，激发着志士仁人也激发着大言欺世，造就着真正的猛士，也造就着悲喜剧的堂吉诃德——搅屎棍；已经许多代，许多年了。

父亲喜欢说一句话："藏污纳垢。"他确认旧中国的每个角落每个家庭每条街区或者乡镇，都藏着太多的"污泥浊水"，后面四个字是毛主席喜欢用的。所以他认同风暴，认同反封建，认定封建罪恶就在家里，就在故乡。他赞成动大手术。不论他以多么可笑的方式，他确实欢呼天翻地覆的慨而慷。至于风暴的代价，风暴的曲折，风暴过去以后应该怎么样创造富强、民主和文明，他已经没有能力去思索了。正像他这个人，他有伟岸的身躯，几种外语的应付，然而他的腿是罗圈的与细瘦的。企图创新的人其实也是旧环境下出现的。果然，他晚年摔折了腿。他的悲哀不仅在于他受到了封建包办婚姻的折磨，而且尤其是，解放后在我的一手帮助下，他相当文明地办好了离婚，他的自由恋爱的婚姻的荒谬性痛苦性一点也不次于原先。这回对方不是沧州人而是北京的真正市民了。同样的全武行，同样的咒骂，同样的一次次离婚手续的进行与无法进行。他的思想与知识达到的地步与所处的现实、生活与人、修养与能力、条件与环境、气质与情操、对象与位置却永远差着十万八千里。他永远是南辕北辙，缘木求鱼，自投罗网，自取灭亡……悲夫！

已经因病偏瘫的后一位伴侣，在父亲晚年又跛又瞎的时候，她坐着轮椅到住家附近的所有小铺，嘱咐他们切不可允许父亲赊账，切不可卖给父亲好烟，哪怕父亲带着现金。父亲受了龙堂的野蛮、沧州的野蛮的害，他自己也毫不留情地害着人。后来他受到了启蒙主义自由恋爱全盘西化的害，也受了本质上无大区别的北京市民的害并害了人家。他从来没有得到过幸福，没有给过别人以幸福。

母亲晚年常常叹息："你看人家冰心、宋庆龄这一辈子！你们看我这一辈子。干脆嘛也不知道就好了，我知道了一点了，但是我什么也做不到！我这一辈子没有一点高兴，没有一点安慰，没有一点幸福！为什么，为什么我要这样过一辈子啊！"

我不明白她为什么要与冰心与宋庆龄比。我更不明白，为什么我断定她不应该不可以与冰心宋庆龄比。

我明白无误的是：我的父母辈这一代中国人，他们生活得实在太痛苦。我还发现，对于多数俗人来说，没有比家更甜蜜更温馨更可爱的地方了，不论遇到什么凶险，你一回家，就舒服起来，放松起来了。同时，也没有比家更肮脏的了。关于后者，我不必再给读者多解释什么了。

爸爸！妈妈！在你们活着的时候，我没有好好地照顾你们。在认定自己是革命者以后，我对你们更多地采取批判的态度。呜呼！污垢并非一次风暴能够荡涤干净，罪的脉络罪的根是一代代延续下来的。我现在只能为你们痛哭一场了。你们的痛苦的灵魂，在天上能够安息吗？

好孩子，好学生

　　儿时，在香山慈幼院幼稚园（今称幼儿园）学过两年。那时家住西城，所选的这家幼稚园位于北沟沿地王庙，后来此地改为女三中，后为一六六中，直到改革开放的年代，此地收归文物园林部门，改回地王庙去了。不知能否在旅游创收上有所成绩。

　　一次幼稚园教跳"皮匠舞"，我的动作老是不对，我很早就知道自己跳不了舞。我相信这是旧社会的封闭匮乏和教育的不完善，长期营养缺乏造成了我的许多方面的低能与发育不良造成的后果。

　　我小学在北师附小。北师是北京师范学校（中专）的简称，现已不存。当时认为这是一个好学校。邻近的一个煤球厂的工人的孩子名叫小五儿，他几次想考这个小学，硬是不录取，他后来只好去上我们称之为"野孩子"上的西四北大街小学。

北师附小的学生看不起煤球工人的孩子，见了小五儿就唱道：

　　　　小五儿，小六儿，
　　　　滴零疙瘩儿炒豆儿。
　　　　你一碗儿，我一碗儿，
　　　　气得小五儿干瞪眼儿。

我是在差一个多月不满六岁时上的小学，我瘦弱，胆小，一下子不甚明白学生的角色要求。一年级的两个学期，我的考试成绩都是全班第三名。家长怕我在学校受欺侮，告诉我有事就告诉老师。我变成了一个喜欢"告老师"的不受欢迎的孩子。有一次告老师的结果是老师不去过问被我告状的孩子，而是先让我罚站，站在自己的位子上。我不耐烦了，便问老师我何时才能坐下，受到老师的呵斥，最后总还是坐下了吧，我认为这是一次十分重要的教训。记住：过多告状的结果很可能不是整了被告，而是使自己烦人、讨嫌。"老板"喜欢的永远是替他分忧的人而不是给他找事儿的人。

二年级时我渐渐显出了"好学生"的特点，我的造句，我的作文，都受到华霞菱老师的激赏。我又极守规矩。有一次全班男生与女生骂起架来，无非也是因为女生爱告男生的状。只有我一个男生不参加战斗，于是几个大个子女生把我搂到怀里，引为同道。不知道这算不算我的耻辱，想起来倒也还有几分甜蜜。

我两次受到华老师的保护性教育，一次我与另一女生在写字课上没有带有关文具。按老师宣布的纪律，我俩应到教室外罚站。女生说，王蒙是好学生，我一个人罚站就行了。我大喊同意。结果受到了深刻教育，我永远为之惭愧不已。一次是考试时偷看书本。华老师早已洞察，当时保留了我的面子，事后才进行了深刻教育。华老师对我的恩情我永志不忘。

另一次是在先农坛举行全市运动会的开幕式，华老师给我以殊宠，带我去参加，并在路上请我到一家糕点店里喝油茶吃酥皮点心。这样的经验我写在了《青春万岁》里，苏君请杨蔷云吃糕点。但是在运动会开幕式结束后观众挤成了一团，我与老师走散，我挤错了有轨电车，电车卖票的（那时尚无售票员的称谓）大喊"四牌楼，四牌楼"我就上了车，但我家住的是西四牌楼（现名西四，因牌楼已经拆掉），而此车走的是东四牌楼。下车到终点，是北新桥，我从来没有去过的一个地方。我知道走错了，初冬，冷风刺骨，肚内没食，我很紧张。于是我当机立断，唤了一辆洋车（骆驼祥子拉的那种双轮人力车），报出了家的详细地址，车夫为我放下了棉帘保暖，四十分钟后拉到了家门口，母亲正心急如焚，见我回来自然大喜，付了车费，并表扬了我的处理意外事件的应变能力，特事特办的能力。一般情况下我当然不敢自作主张叫车。

从二年级起，我次次考试皆是全班第一。小学三年级有一次作文，题目是《假使》。我乃做新诗一首，其中有这样的句子：

假使我是一只老虎，
我要把富人吃掉……

这种左翼思想的萌芽，说来也简单，起因于我们家太穷。

三年级我首次参加讲演比赛，题目是"怎样做一个好学生"，讲稿是二姨为主帮助起草的。内容是要身体好、品行好与功课好，大致与新中国的三好学生标准思路一致。我的一个突出感觉是上了讲台，我的妈，底下那么多脑袋，那么多黑头发和黑眼珠。我想成败在此一举，我必须控制自己，大声宣读讲稿，我做到了这一点，至少在发声方面取得了胜利。这是我在公众场合讲话从不怵头的开端。

三年级，原级任（现称班主任）沈老师走了，全班女生痛哭，我没有哭，我不知道一个级任教师的变动有什么必要动感情。不知道这是不是反映了我的理智、冷漠乃至无情的另一面。

刚刚从北京师范大学毕业的佟老师接任。她把我叫到她家去看她的戴着学士帽的毕业照，并布置我把头一学期的全部作业重新抄写一遍，说是教育局要给全市若干优秀生发奖学金，本校准备上报我。为此我十分辛苦，完成了任务。家长对于我获得奖学金的可能性也十分欣喜。最后，没有评上。这也是很好的经验与教育，即使是"好学生"也不可能事事心想事成。有成有不成，才是常理。其实这时我已经充分享受了好孩子、好学生能够带来的一切精神与物质上的好处。年年免学费，老师另眼相待，家长笑口常开。

也有马失前蹄的时候。有一次下午上课以前，班上一位同学抓到一只小鸟，不知怎么办好，我兴冲冲地拿过来放入课桌。等到上课后，需要拿出课本与作业本，我一掀桌盖，嗖的一声飞出一只鸟，全班哄堂，老师大怒，命我站立，斥道："太放肆了！"我的这个"犯错误"的故事，是我的保留节目，给儿孙们讲，他们是百听不厌。

有一两个女生，包括海云的原型，小性，北京歇后语叫作：乡下人不认识樱桃，小杏（性）儿！爱生气，有时与老师冲突，翻着白眼瞪老师，而另外的调皮鬼就会趁机生事，"老师，×××瞪您！"偏偏老师还绝对不准瞪，于是会罚女生的站，会搞得不可开交。还有些功课太差或不敬师长的男生，常常受到老师的训斥乃至体罚与变相体罚：放学不准回家之类。这些事都使我很受刺激，并告诫自己，千万不能发生这样的事情。

也是三四年级的时候，一些男生突然对某个爱告状的女生捣蛋，成群结队地跑到此女生的家门口怪声怪叫。我参加过一次，尝到了某种捣蛋的类似吃禁果的快感。班上有一个油头粉面的男生，每次见到我都要亲我的脸庞，我是避之唯恐不及。我如果身高力大一些，早给他一顿饱打了。他喜欢讲一些下流话，说是某男生与某女生在北海山洞里"咕叽咕叽"。又传授说，要唱流行歌曲《花好月圆》："浮云散，明月照人来……"唱到"团圆美满，今朝醉"时正好搂住一个人亲吻之。他边说边示范，他的一切给我留下的是最令我作呕的一个恶劣经验。我认定，这是坏人，我不明白一个男孩子怎么从小就这样无耻和恶劣。我长大以后，绝对不做这样的坏人。

作诗与失眠

　　二年级后半学期，为了作文课的需要，我买了一本《模范作文读本》。给我印象最深刻的是范文中对月亮的描写，可以说，我从此对月亮有了感觉，有了情绪，有了神往。"皎洁""团圞""清辉""玉兔""一轮""一弯""如盘""如眉""浮云掩月""月明如水"……都使我沉醉入迷。从此我见到月亮就要凝视良久，就奇怪它的存在、它的形状和它的遥远。月亮使我突感寂寞，突然把自己与月亮与夜空联系起来对比起来，觉得相互都是无依无靠无道理无来头可讲，我与世界与天空与众星相距极为遥远，当然我自己极为渺小。

　　从看月亮我想不明白，为什么要有一个月亮，有星星，有天空，有白天，有黑夜，有我和家里的人，有那么多人。我是从什么时候有了对于月亮的知觉有了对于世界的知觉的，我是怎么成了我的，知道疼痛，知道亲爱，知道急躁，知道恐惧的。这个"我"是从哪里来，到哪里去，是怎么凑巧生到现在的中国的。为什么我不是唐朝生的？为什么我不是欧洲人？为什么我不是女孩？如果我是一只猫，一只蚂蚁，一条虫子呢？为什么打我我疼痛而打别人我就不疼痛呢？如果我没有出生，关于我的一切感受和愿望，也就什么都没有了。这一切都是不可解释的呀。

模范作文的另一个动人的主题是对于春天的吟咏。潺潺的流水，青青的草地，桃花杏花梨花丁香海棠都令我入迷。老舍先生说过他不喜欢潺潺一词，并说他不知道何谓潺潺。我喜欢潺潺则是因为潺字的形象使我联想起小溪流的波纹——不知道这会不会使真正的语言文字学家气昏。而从此，不论是黎锦熙的歌曲："桃花红，红艳艳，李花白，白淡淡"还是落华生的散文《梨花》，不论是南唐中主的"丁香空结雨中愁"还是温庭筠的"海棠花谢也，雨霏霏"，都使我有刻骨铭心、夺魄销魂之感。

模范作文中有几篇写母爱的文字，令我十分感动。有一篇是写自幼丧母的悲痛。我想起了幼稚园里学到的歌谣：

秋风凉，天气变，

一根针，一条线，

累得妈妈一身汗。

妈受累，不要紧，

等儿大了多孝顺。

　　我确实也多次看到入冬前母亲准备被褥衣服，缝缝连连的情景，到了吃饭时候为做饭而操劳的情景。我忽然想到，母亲是会老的，是会死的，我们所有的人是会老的，是会死的，是一定要死的。一想到死我就感到极大的压抑和虚空。

　　我立刻想到了养蚕的经验。姐姐比我大一岁半，小时候各种事多半是我跟随她，所以女孩子喜欢做的事我也常常参加，例如抓子儿、跳房子、踢毽……其中就有养蚕。每次遇到蚕吐丝的时候我就相当哀伤，因为从此蚕儿蛹儿蛾儿就在清楚地走向死亡，它们再不吃桑叶了。我想尽一切办法给吐丝的蚕给蛹给蛾子喂桑叶，当然没有效果。我亲眼看到一只只蛾子交配、雌蛾甩子，然后一个个枯萎死去，我完全无力回天。我知道明年从蚕子中还会孵化出大量的蚕儿，但是我清晰地断定，再有多少蚕儿也已经不是去年前年的"这一只"蚕儿了，这一只蚕儿已经一去不复返了，这很可悲。

我早早就深深体会着"春蚕到死丝方尽"的悲剧性，远远比"蜡炬成灰泪始干"更绝望，更无计可施。

雨后的蜻蜓、夜间起飞的萤火虫、夏天的蝈蝈与秋天的蟋蟀，我也常常哀其生命之须臾。我喜欢养蝈蝈听叫声与养蟋蟀斗蛐蛐。听说有人用一个葫芦把虫儿放到里头，别到腰上，温暖着它们，就能把它们一直养到第二年春天，延长它们的生命近两三倍，我多次想找这样的葫芦，没有成功。

那时候大雨常常带来胡同里的没膝积水。我叠一只纸船扔到水上，目送它被水流和风带走，我想它也永远不会再回来了。它会到什么地方去呢？它将经历些什么呢？我，它的制造者与牵心者，不可能永远陪着它，这也叫生离死别吧。

我问姐姐，你说死是怎么回事？姐姐平静地说——我不知道她为什么有这样的生死观——死就和睡着了一样嘛。

姐姐的话并没有减少我对于死亡的恐惧，却使我愈想愈觉得睡觉是一件可怕的事，果然，睡着了无知无觉，与死一次是一样的。我想的不是死像睡眠，而是睡眠像死。

我还想到我的身体并不健康，也许离死亡并不是那么遥远。一天晚上，我在一个神经质的状态中，喝了一大口极腥的鱼肝油，那时候的人认为鱼肝油就是最厉害的保健药品了。夜晚躺在床上，发觉一轮满月正好照在我的脸上，那时住的小平房，是没有窗帘布也安装不起窗帘的。月光再次使我感到孤独、神秘。我感到不理解这个世界，不理解自己和家，不理解生命的偶然和无助。我忽然想，如果就这样睡去——死去呢？我只觉得正在向一个无底的深坑黑洞，陷落着、陷落着再陷落着。我几乎惊叫失声，我不敢入睡。这是我有生以来的第一次失眠，第一次精神危机：大约只有九至十岁。

我在《青春万岁》中写到过一个人物的童年失眠，尊敬的恩师萧殷批道："儿童贪玩不愿睡觉是有的，不敢睡觉是不可能的。"大概我的这些经验只能说明自己的心理健康方面有问题罢了。

失眠没有造成太大的问题，我从此只知道人必须硬着头皮活下去，该吃就吃下去，该喝就喝下去，该睡就呼呼地大睡最好。许多问题是想不清楚的，想不清楚的问题还一定要想，就是有了毛病啦。

差不多与此同时，我热衷于背诵《唐诗三百首》，至今我认为此书是真正对我有益的少数几本书之一。治疗我的精神危机的方法便是学习、读书、背诵书。"春眠不觉晓"，

"花落知多少"我读得明白，"床前明月光，疑是地上霜"我也懂。"蜀僧抱绿绮，西下峨眉峰"与"吾爱孟夫子，风流天下闻"我则不解其意，但也兴高采烈地背诵得紧。"返景入深林，复照青苔上"，王维的句子我略有所感。另两句"劝君更尽一杯酒，西出阳关无故人"我则感受真切，离别是很遗憾的喽。张九龄的"海上生明月"我也极欣赏，虽然那时我并没有看到过海，也不知道海上月出的情景。

大概与读古书有关，我相信画画也是极风雅极有味道的事情，于是我买了《芥子园画谱》。我画马，画竹子。竹子画得怎样，记不清了，马则画得与老鼠无异。但我还是大模大样地为画马题诗一首，时年十岁：

千里追风谁能匹，长途跋涉不觉劳。
只因伯乐无从觅，化做神龙上九霄。

我至今也说不明白为什么写一首这样的酸溜溜的诗，有人还夸我气势不凡，我相信我这是带有模仿意味的学大人话，希望方家能帮我找出出处来。

却也有几分意思。一个是自吹与自信。一个是速率效率，千里追风也。一个是韧性，长途跋涉嘛。一个是终于未能有多大用处，只能上九霄自慰自遣，如果不是自欺欺

193

人的话。

我家有过在报子胡同甲三号小住的经历，这里有一个废弃了的后花园，有假山石，有竹子，夜间，竹叶的影子映在窗户纸上，在这样的条件下，我居然没有能够成为郑板桥，只能证明我是一个美盲。也是，从上小学，美术作业都是得"乙"或"丙"，只有一次得过"甲"，是拿姐姐交过的作业，改头换面，用水彩抹掉原署名与给分的痕迹，作弊交给老师的。

反过头来只能阅读。我背诵，《孝经》《大学》《苏辛词》《花间词》，我背诵冰心与巴金，后来还有鲁迅的《野草》。汉语的平仄四声，抑扬顿挫，句式的罗列反复，论述的大而无当，文字的美轮美奂却无定解，都使阅读与背诵，变得如此快乐迷人控制人，如歌咏如唱赞美诗，如颂咒语如祈祷上苍。如"大学之道，在明明德，在亲民，在止于至善。知止而后有定，定而后能静，静而后能安，安而后能虑，虑而后能得。……古之欲明明德于天下者，先治其国，欲治其国者，先齐其家，欲齐其家者，先修其身，欲修其身者，先正其心，欲正其心者，先诚其意……"

诵读这样的书又像是洗澡，淋浴一样的扑头盖脸，盆浴一样的拥抱全身，旋转按摩一样的舒筋活血，桑拿蒸汽一样的代谢新陈。合辙押韵，步步高升，颠扑不破，翻过来倒过去都合身，如旧北京卖布头的吆喝：禁蹬又禁踹，禁拉又禁拽，禁铺又禁盖，禁洗又禁晒！

我也特别喜欢放假，每年夏天，临近假期，由于酷热，缺觉，考试，我都精疲力尽，憔悴不堪。一放暑假，先睡个好午觉，再赶上一场透雨，再逛逛北海公园与平则（阜成）门外，听蝉嘶，听水声，听鸟叫，再读读我喜欢读的小说故事，我感到欣喜若狂，我喜欢自己支配自己的时间，我喜欢休假——目的不在于嬉戏而在于读书。每年暑假开始的时候我都制定出令人狂喜、催人奋进的暑期生活与学习计划，而且执行得差强人意。放完假，我当真觉得自己的知识有所长进，乃至身体也有所发育了。这种喜欢自主度日，但并不懒散放任，尤其绝对不是消磨浪费时间的特点，可能至今保存在我身上。

我要革命

一九四五年八月日本投降，我的民族情爱国心突然点燃。同学们个个兴奋得要死，天天上五年级的级任郑谊老师那里去谈论国家大事。郑老师说道，抗日战争前，蒋提倡"新生活运动"，国家本来有望，但是日军的侵略打断了中国复兴的进程，等等，我们义愤填膺。我愈想愈爱我们的国家，我自己多少次含泪下决心，为了中国，我宁愿献出生命。顺便说一下，郑老师解放后曾经是全市著名的模范教师，一九五七年反右运动中，她也未能幸免。

也是这个夏季，我做出了跳班考中学的决定。我看了丰子恺的一幅漫画：画着三四个孩子腿绑在一起走路，走得快的孩子被拖得无法前行，走得慢的孩子也被拖得狼狈不堪。我竟从此画中得到了灵感，我认为我就是那个走得快的孩子，而学校的分班级授课的制度就是绑在孩子腿上的绳索。我拿过比我高一级的姐姐正在被教授的六年级课本，认定那些课程对我已经毫无新意。而且，早就有这样的事了，低一年级的我帮助姐姐做高一年级的作业。只是现在说起来有点吹牛的不安感。

我本来想报考离家很近的位于祖家街街口的市立（男）三中，那时是男女分校。排到了报名窗口，人家要小学的毕业证书，并明言不收"同等学力"者，我只好去考私立的以教会伦敦会为依托的"平民中学"（现四十一中），一考就中，而且上学后仍是差不多年年考第一。

日本投降后父亲从青岛回来了，暂时消消停停。一天晚上他往家里带来一位尊贵的客人，是文质彬彬的李新同志。当时，由国、共、美国三方组成的"军事调处执行部"正在搞国、共的停战。驻北京（平）的调处小组的共方首席代表是叶剑英将军。李新同志似是在叶将军身边工作。李新同志一到我们家就掌握了一切的主导权。他先是针对我刚刚发生的与姐姐的口角给我讲批评与自我批评的道理，讲得我哑口无言，五体投地，体会到一个全新的思考与做人的路子，也是一个天衣无缝、严密妥帖、战无不胜的论证方式。对于我来说，这是一个做圣人的路子，遇事先自我批评，太伟大了。自我批评一开始也让我感到有些丢面子，感到勉强，但是你逃脱不开李新同志的分析，只能跟着他走，服气之后——你无法不服气的——想通了之后，其舒畅与光明无与伦比。

紧接着李新叔叔知道我正在奉学校之命准备参加全市的中学生讲演比赛。比赛是第十一战区政治部举办的，要求讲时事政治的内容。父亲先表示对此不感兴趣。李新叔叔却说一定要讲，就讲三民主义与（罗斯福提出的）四大自由，主旨是现在根本没有做到三民主义，也没有四大自由。我至今记得我的讲演中的一句话：

"看看那些在垃圾堆上捡煤核的小朋友们，'国父'的民生主义做到了吗？"

无须客气，这次比赛的初中组，我讲得最好，连主持者在总结发言时都提到王蒙的讲话声如洪钟。但我只得到了第三名，原因当然是主办者的政治倾向。他们闻出了我的讲话的味道。我也学到了在白区进行合法斗争的第一课。

顺便说一下。代表我校高中生参加讲演比赛的是杨虎山，他在解放后一直从事外交工作，曾任我国驻利比亚的大使。

李新同志后来主要从事党史研究与著述，是著名的党史专家。作为我此生遇到的第一个共产党人，他的雄辩，他的真理在手的自信，他的全然不同的思想方法与表达方法，他的一切思路的创造性、坚定性、完整性、系统性与攻无不克战无不胜的威力，使我感到的是真正的醍醐灌顶，拨云见日，大放光明。

理论的力量在于与现实的联系。我满怀热情地迎接"国军""美军"的到来，兴奋完了发现人们仍然是一贫如洗。报纸上刊登的都是接收变"劫收"的贪官污吏、穷人无生计一家四口服毒自杀、美军车横冲直撞每天轧死多人、汉奸摇身一变成了地下工作者的消息。食不果腹、衣不蔽体的我走在大街上看到大吃大喝完毕脑满肠肥的"狗男女"们，他们正从我从来不敢问津的餐馆里走出来，餐馆发散出来的是一股股鸡鸭鱼肉油糖葱姜的气味，我确实对之切齿痛恨，确实相信"打土豪、分田地"的正义性与必要性，相信人民要的当然是平等正义的共产主义。

何况我正在读的书是巴金的《灭亡》，是曹禺的《日出》，是茅盾的《腐蚀》与《子夜》，还有绥拉菲摩维支的《铁流》。这些书都告诉我社会已经腐烂，中国已经濒危，中国需要的是一场大变革，是一场狂风暴雨，是铁与血的洗礼。

还不仅仅是这些带有社会批判倾向的作品，我回想，包括安徒生童话与格林童话，包括《卖火柴的小女孩》《活命水》《灰姑娘》《快乐的王子》《稻草人》《大克劳斯与小克劳斯》《白雪公主》，都给我留下了深刻的印象与强烈的激动，世上有许多不义，世上有许多美丽善良诚实而又受苦的人，世上有许多"国王的新衣"需要戳穿，有许多"灰姑娘"和"白雪公主"和"小人鱼"等待着爱她们的王子，有许多被魔鬼变成了石头的生灵等待着"活命水"（有点像观音大士的杨枝净水）的起死回生。我的感觉革命才是这样的复活生灵的活命水。现实有太多的丑恶，理想是多么美好动人，能够把丑恶的现实变成美好的理想的唯有革命，为此，我们为革命必须付出高昂的代价，为革命也是为理想，付出再多的代价也是值得的。文艺，尤其是文学常常会成为一个革命的因子，从我自己身上，我清楚地看到了这一点。

与李新成为对比的是国民党的官员。有一次我接到学校命令，必须收听市社会局长温某某的讲话。我们家的"话匣子"（收音机）是日本宣布投降后，住在胡同里的日军家属，惶惶然如丧家之犬，确以"跳楼"之低价卖掉一切东西仓皇回国时，买自她们的。

我完全不记得温局长讲了什么内容、为什么中学生必须听他的讲话，但是我记得他的怪声怪气，官声官气，拿腔拿调，公鸭嗓，瞎转文却是文理不通。我相信一个政权的完蛋是从语言文字上就能看得出来的，是首先从语文的衰落与破产开始了走下坡路的过程的。同样一个政治势力的兴起也是从语文上就显示出了自己的力量的。他与李新同志的对比太如天上地下了。我当时已经坚信：李新同志、共产党人的逻辑、正义、为民立言、全新理想、充满希望、信心百倍、侃侃而谈、润物启智、真理在手、颠扑不破……是任何力量也阻挡不住的。作为新生力量的共产党，她是多么光明、多么科学、多么有作为、多么激动人心啊！

我有一个说法，一股政治势力的兴衰，看一看他们的文风与话风就知道了。兴者富创意与活力，明白而又实在；衰者只剩下了套话与八股，空洞而且不知所云。

还不仅仅是这两个人的对比。我读左翼著作，新名词、新思想、新观念，高屋建瓴、势如破竹，强烈、鲜明、泼辣，讲得深，讲得透，讲得振聋发聩、醍醐灌顶、风雷电闪、通俗明白、耳目一新。而你再看旧政权的作品，例如蒋的《中国之命运》，半文半白、腐朽俗套、温温吞吞、含含糊糊、嘴里嚼着热茄子，不知所云而又人云亦云，以其昏昏，使人无法昭昭。一看语言文字，就知道谁战胜谁了。

平民中学有一个打垒球的传统，我现在还不明晰当时我们从日本人那里学到的垒球是不是现名棒球。垒球队有一个矮个子、高中二年级学生，他是个性情活泼、机灵幽默、（运动）场风极佳的后垒手，名叫何平。即使他输了球漏了球，他的甜甜的潇洒的微笑也会为他赢得满场喝彩。一天中午我在操场上闲站，等待下午上课。他走过来与我交谈。我由于参加讲演比赛有成也已被许多同学知晓。他问我在读些什么书。我回答了一些书名后说道："……我的思想，"我顿了一下，然后突然宣称，"——左倾！"

赶得别提多么巧，何平是老地下党员，我的宣示使他两眼放光，他从此成了我的革命的领路人。思想起来，到现在我也说不清，向并非熟知的同学作这样宣布的目的，也许我完全不懂得其危险性。我只能说这是历史，这是规律，这是天意，当革命的要求革命的依据革命的条件成熟而且强烈到连孩子都要作出革命的抉择革命的宣示的时候，当这种宣示就像木柴一样一碰就碰到了电火雷击的时候，这样的革命当然就完全是不可避免、无法遏止的了。

一九八六年冬，我在文化部长任上与一大批外国在华专家座谈。在座的还有一位比我小两岁、有过同样的曲折坎坷的经历的著名作家。我提到中国作家的左倾，提到左翼文学在现代文学史上的突出地位。我的这位同行兼好朋友就分辩说，他和他那一代人从来没有喜欢过左，从来是欲左也不可能。呜呼！我很惊讶，也很悲伤，到了一个仅仅比我小两岁的作家那里，左派竟然成了一个不太好的名词了。夫复何言？谁可与言？

此后，父亲随李新同志去了解放区，到父亲的老师范文澜任校长的北方大学去了。而我，也立即跟随何平走上了一心要革命的道路。

我有没有童年

由于匮乏和苦难，由于兵荒马乱，由于太早地对于政治的关切和参与，我说过，我没有童年。

我没有童年，但是我有五岁六岁七岁直到十几岁的经历，一年也不少，一天也不少。回想旧事，仍然有许多快乐和依恋。

我喜欢和同学一起出平则门（阜成门）去玩，城门洞有刺刀出鞘的站岗的日本兵。过往的中国百姓要给他们鞠躬，这是一个非常恶劣的记忆。一出城门就是树林、草花、庄稼、河沟，充满植物的香气，一路走着要跳几次水沟。到"大跃进"时为止，此地的钓鱼台那边一直是天然野趣。那里的窄窄的两行杨树，秋天树叶变黄的时候发出一种类似酸梨的气味，踏着落叶在树林里徜徉，使人觉得诗意盎然。城市后来是怎样地成倍成倍地扩大着啊。

我更喜欢从西城家中走太平仓（现平安里南边一条街，过去，从西四到地安门那边的环行路公共交通都是走太平仓而不是平安里的），经厂桥、东官房到北海后门。太平仓那边有几家高档的四合院，大门上用油漆写着门联，"忠厚传家久，诗书继世长""物华天宝，人杰地灵""守身如执玉，积德胜遗金""又是一年芳草绿，依然十里杏花红"……这些句子我早就学会了，不是从书本而从一些四合院的大门上学到的。这也说明我多次从那边走过。"芳草绿"与"杏花红"的句子使我醉心，联想到了儿时学过的模范作文。

这些院落的围墙很高，有的墙上还绑着铁丝网，院里的树木把枝叶伸探到院外，院门经常紧闭，我从未见到过任何人从这样的高级院落里出进。太平仓的胡同里两侧都是国槐，是典型的老北京的胡同——小街，在开通了从平安里拐弯的有轨电车道后，很少有车辆走这条要多拐几个弯的旧街。走在这样的胡同里，心情很微妙，应该算是一种享受。

一进北海后门，先听到的是水经过水闸下落的声音，立即感到了凉爽，进入了清凉世界。再向南走两步，响杨的树叶的巨大的哗哗声攫住了你，一时节世界只剩下了两排排列整齐、盖有年矣的杨树林，树干的疙里疙瘩与似曲实直，亭亭玉立与随风倾斜显示了既古旧久远又年轻潇洒的风格。《红楼梦》里的林黛玉抱怨过响杨的树叶噪音，我简直不懂。对于我，杨叶的作响是一片天籁，一片清凉，一片宽阔和生机。每听到北海后门两排杨树的声音，我立刻得到了莫大的安慰，我得到的是盛夏酷暑中突然获救的感觉。

我也喜欢短时间的北京城向大自然的回归：夏夜，在院落中乃至到胡同门乘凉，听姐姐王洒背诵杜牧的"银烛秋光冷画屏，轻罗小扇扑流萤。天阶夜色凉如水，坐看牵牛织女星"的诗句。确实，那时的北京夏夜到处都能看到款款飞着的萤火虫。二姨还给我讲过一个故事，说是一个孩子由于丢掉了打醋的一毛钱，被继母打死了，这个可怜的孩子死后变成了一只萤火虫，打着灯笼寻找他丢掉的一毛钱。从此我深为自己的母亲并非继母而特感幸福。

大雨之后胡同里积着齐膝的水，蜻蜓擦着水面飞。杨树上时有知了高唱。北京的国槐最多，春天则是小小的青虫，吊在从树枝上垂下的丝上。我们解放前最后迁入的小绒线胡同二十七号，向东一拐，就有一棵特大的国槐树，我们的后院里也有两棵大槐树。后来，果然我在《组织部新来的青年人》中写到了槐花。秋天即使在庭院里也听得到蟋蟀的啼鸣。我曾经很热衷于养蟋蟀斗蟋蟀,热衷于给蟋蟀喂毛豆。行家告诉我,好蟋蟀需要喂人参,我就不明白了,谁知道什么是人参呢?

夏日我也喜欢养蝈蝈,有细秫秸秆编成错落有致的蝈蝈笼,传说故宫的角楼就是参照了民间编蝈蝈笼子的方法修建的。我懂得如何给蝈蝈喂黄瓜、西瓜皮和南瓜花,我从小喜欢听蝈蝈的啼叫。我不懂为什么有人讨厌蝈蝈的啼叫,嫌它吵,就像有人嫌交响乐吵闹,还有人怕听提琴或者二胡,说是听了"脑仁儿疼"一样。

我喜欢所有的吆喝,卖小金鱼和大田螺,卖卤鸡和卖糖葫芦,这二者都有抽签奖励的促销手段。卖硬面饽饽的,是山东乐陵人。卖爬糕和凉粉的,像男高音。冬夜则是卖羊头肉,切得比纸还薄,切出来的肉片变得透明。仅仅是卖一筐水萝卜也是叫得曲折宛转十分出彩。寒冷的深夜,有时会听到盲人算命者的笛子声,"梭米瑞多瑞米拉梭——梭(低八度)多米瑞多……"我觉得极其凄凉。家里人说,这些人名为算命实际上很可能是卖烟土——贩毒的。这使我更感神秘了。白天我也常常看到瞎子,可怜得很。有一些与我同龄的男孩老是欺负残疾人,还有一对乞丐母女,母亲的样子像是患有精神疾患。我同情她们。

现如今，大约是为了安抚老北京们的怀旧情绪，组织了舞台上的旧京吆喝合唱，一片混乱嘈杂的蛤蟆闹坑，恶劣透了。舞台不是胡同，集中在聚光灯底下闹哄也不是特定的时间地点季节品种的吆喝，合唱团员们哪里有小贩的心情与声带？生活与艺术紧紧相连，然而生活与艺术是不能互相照搬的，照搬卖货吆喝的方法不可能成功，而只能是更告诉人们，过去的一切已经成为永不复返的过去。

我喜欢看老舍的话剧《龙须沟》的重要原因之一是，于是之饰演的主角程疯子，能很地道地吆喝一嗓子："卖哎大啊吉恩（金）鱼吁，卖哎稀噢（小）吉恩（金）鱼吁拉哎（来）唉……"这里的"稀噢（小）"是全句的重点，要拉够长声，要清晰地传达出复合韵母的全部特点。但我也有不满足，在我的记忆中，北京的春天除了小金鱼，就是说卖金鱼的都捎带着卖"大田螺蛳"，程疯子怎么忘了吆喝大田螺蛳了呢？

姐姐比我只大一岁半，我受了她和她的同学的玩法的影响，从小玩很多女孩儿的游戏：跳房子、踢毽、抓子儿（桃核与玻璃球）、用丝线绑捆香包（小粽子），还有跳绳之类。但后来开始受到女孩的排斥，自己也觉得无趣了。

有几天我醉心于自己制造一部电影放映机，因为我知道了电影的原理和什么视觉留迹的作用。我想的是自己画出动画，装订成册，迅速翻动册子，取得看电影的效果。努力良多，没有太成功。

我毕竟是男孩子，慢慢地就有了野一点的玩法，在墙头上玩打仗，每天没完没了地做手枪，时刻幻想着自己趁一只活像真枪的手枪，大喝一声："不许动！"嘎——咕，一枪毙"敌"于脚下。

但是我的蹦蹦跳跳的游戏并没有能够坚持下去。我上初中的第二学期，到西什库第四中学看我们学校与四中的棒球比赛。男生们一个个都抄近道从一个墙头跳下去，我犹犹豫豫，上了墙头，欲跳又止，下去了，右脚脖子崴了一下，疼痛难忍。结果，造成了脚腕处骨裂，养了一个多月，影响了上课，唯一的这一学期，我的考试没有进名次。我尝到了挫折的滋味，梦里清清楚楚地看到了自己的优异成绩，却在成绩通知单上看到了失败。梦中的我一再追问，这是真的还是梦？梦中的回答是，不，这不是梦，这是真的，就是我考得好，骨裂了仍然考得好。这样的信心正是我无比的屈辱感的根源：愈相信自己就愈感到丢人。

说下大天来，我的童年过得还是太怯弱了啊。父亲的一个朋友曾经送给过我一个鹰状风筝，我试了几次始终没有放起来，读鲁迅的《风筝》的时候我的感觉是我比文章里的弟弟与哥哥更可怜，我竟无待暴力与蛮横的摧毁，我竟无待封建吃人文化的压制，先是我自己就怯了，跳墙骨裂，放风筝坠地，打架无力还手，不必旁人欺负，也不可能战胜任何一个人……

……往者已矣，如今的北京已不是当年的城市，所有的儿时记忆已经没有可能再重现眼前。北海公园后门的水声依旧，但是杨树林的品种已经更新，不复有那哗哗的响动。到处车水马龙，到处高楼大厦，谁可以在墙头上掏出木头手枪大喝一声"不许动"呢？夏夜不再扑流萤，冬季的天空上也看不到成群的黑压压一片乌鸦飞过，春天听不到黄鹂，秋天听不到蟋蟀。

在新疆，我的二儿子王石经常自己做风筝，一放就放到半天空，我仰首观看，心旷神怡。有些心愿，自己这一代没有完成，下一代完成了，也是快乐。

在我六十八岁的生日，文化部给我开车的司机郝俊卿师傅送给我一个大蝙蝠风筝，说是他看了我的有关放风筝的文字，心想，这还不容易吗？后来，我们有几次一道将风筝放到高空的经验。毕竟，一切希望都在人间，一切人间的希望都很可能实现，虽然可能是六十年后的实现。

雨果与周曼华

汪曾祺老在回答为什么走上了文学写作之路的时候，曾经戏言："因为从小数学就不及格。"

我有点不同。我从小喜欢数学。小学时候，没有比分析那些四则文字题更令人觉得有趣的了，鸡兔同笼，有头多少，有腿多少，问是多少鸡多少兔。和尚挑水，大和尚一人挑两桶，老和尚两人抬一桶，小和尚一人提一桶……问是三种和尚各是几位。到现在我仍然喜欢这种逻辑的分析，而且我深信有的孩子解不出这样的题，其实主要原因是语文障碍，问题的叙述，已经包含了解决问题的逻辑，但某些孩子读不明晰，弄不清主语宾语定语状语，弄不清条件与设问的关系，觉得文字已经很绕脖子了，还谈得上解题吗？有的孩子做错了题则是由于对文字题的设问词、语、句的理解上出了毛病。听清楚话、看清楚文字，谈何容易！此后的大半生有多少人看不清文字语句却要与你争论，老天！

后来在初中，则是平面几何使我如醉如痴，什么九点圆，什么悠勒尔线，那种完美，那种和谐，那种颠扑不破，那种从最简明的地点入手而徐徐升高，变得华彩炫目的过程，实是天机，实是上天给人类最好的礼物，是上天给智慧的奖赏，是上天与智慧的联欢。而做一道证明题或作图题的过程如寻路，如觅光，如登山，如走出森林，那是一个不断选择、不断分析的过程，那又是一个不断寻找、不断否定、不断舍弃、不断靠近、不断开辟的过程，当你慢慢走对了路的时候，你似乎听到了光明的合唱，你似乎看到了朝霞的绚烂，你似乎服膺了智慧的千姿百态，你似乎亲手造就了自身的成长，做出一道题你就长出一口气，你就又长高了一两个毫米。没有比逻辑和智慧更美丽更光明更忠诚更可靠的了。

我还要说，智慧的最高境界与忠诚密不可分，没有专心致志，没有始终如一，没有老实苦干，就只有小打小闹的阴谋诡计，不可能有真正的智慧。智慧使人变成巨人。智慧是美丽的。而在年逾七旬以后，我还要说，智慧是魅力，是风度，是远见也是胸怀。智慧是人化了的性感。智慧使男人变得高大英俊，使女子变得神奇迷人，智慧是美的孪生姐妹，智慧是善的明澈的观照。

我还要提到，我的初中几何老师王文溥是一个极其优秀的数学老师，他善于把一道几何题的做法、解决的过程，说得栩栩如生、楚楚动人、诱人，他善于表达智慧的力量与快乐。我的喜欢数学与他的讲授关系太大了。直到上个世纪九十年代，我在四十一中的校庆日返校，见到他，他还在为我的弃数从文而惋惜。他说："有什么办法呢？你选择了别的路子……"

数学问题上我也表现了自己的狂想遐想。我做过一个题给王老师，我做了一个证明题，证明的是"点不能移动"。我的理由是，点从A移到B，必须先经过A与B中的中间点A′，而欲达到A′，必先经过A″，欲达到A″必先达到A‴，而你是找不到那个最后的也就是距A最近的点的，这样点A的移动遂成为不可能。王老师大喜大笑，他说这是一个微积分的问题，是初等数学里所无法解决的，但是他欣赏我的钻研精神。

也有一次我与王老师讨论一道题的解法，我确实找到了比老师黑板上的演示更简明的解法，我举手，刚一说出自己的想法，他不等说完就打断了让我坐下了。为此，我受到了同班同学的嘲笑。我知道，老是有自以为高明的想法，并不会受集体和老师的欢迎，老显着你？讨厌！尤其是有了确实高明的想法，可能是更讨厌，不仅讨厌而且危险。我以为，一向虚怀若谷，对我宠爱有加的老师为什么不准我说话？只可能是一个原因，我刚一张口他就明白了，确实是他的演示不高明，那么与其让老师丢脸，不如让小小年纪的王蒙丢脸。在数学问题上出现了"人文思考"，麻烦了。

而自己的读书主要是童年与青少年时代。为什么爱读书？读书使我感觉良好，使我进入一个美好文明的世界，我明明感觉到了，读书在增长我的知识、见闻、能力。而且，我那个时候确实不知道还有什么别的事像读书一样有益有意义。我三年级以来就常到离我们住的受壁胡同不到一站地的太安侯胡同的民众教育馆借书读。有时候近冬天黑得早，有时候气候严寒，阅览室的铁炉里煤净火熄，整个阅览室只剩下了我一个人，工作人员有一个老汉还有一位中年妇女，他们见我不走，无可奈何，只好陪我不得下班，同时他们又笑嘻嘻地不无夸奖地欣赏我的喜读爱书。

我什么都读，有关于健身和练功的，其中最得益的是《绘图八段锦详解》，什么"左右开弓要射雕"，什么"摇头摆尾去心火"，我至今会练。我也读过一些太极拳方面的书，不懂，也很难学着练。我甚至省下早餐钱买了一本《太极拳式图解》，学会了"揽雀尾""单鞭""金鸡独立"诸名词，仍然无法照学照练。从此我深知世界上有些事情示范、比画、身体力行的意义远远胜于课本。

我也在那里读了《崆峒剑侠传》《峨眉剑侠传》《大宋八义》《小五义》等章回小说。我喜欢郑证因的技击小说《鹰爪王》，宫白羽的《十二金钱镖》，后者的人情世故的描写与冤冤相报的悲剧性的表现，使它的文学价值超过了当时的一般武侠小说。

我试图锻炼某种武功。先是迷上了"金钟罩、铁布衫"，说是有这种功刀砍不入，剑劈不进。我用物体敲打头顶，高高抛起皮球，再抛起毽子用头顶去接，绑鸡毛的铜钱落到头上砸得生疼，但头部并无长厚长硬的征兆。"金"功锻炼无成，但我学会了对着月亮练蹲裆骑马式，我想汲取书上所说的"日月之精华"。学会了弓箭步、丁虚步、半卧步……我热衷过练气功，垂帘闭目，意守丹田，屏神静息，抱元持一，我期待着泥丸宫（卤顶）的洞开，期待着灵魂出窍，神游太虚。这些都未有成，倒是在前弓腰方面取得过一点成绩，那时我绷直双腿，可以用自己的嘴巴去吻膝盖。蹲裆骑马式也还有点成绩，比旁人做得长些，蹲得也低些。

最主要的是我在民众教育馆读了雨果的《悲惨世界》。一上来，先声夺人，雨果的书令我紧张感动得喘不过气来。看不懂也要看，对于社会的关注与忧思，对于阶级社会的不义的愤慨，"左倾"（虽然雨果时期还没有当今的"左"与"右"的分野）意识，大概从那个时候就开始了。

我也在那里读了鲁迅、冰心、巴金、老舍。我在家里读过一本曹禺的剧作《北京人》，我印象最深的是说到北京的叫卖果子干的两个小铜碗的敲击声。我认为作者的意思是中国已经腐烂，只能大动刀斧。其后又读了《日出》，我恨不得手刃金八爷拯救"小东西"。我喜欢鲁迅的《祝福》和《故乡》，我更喜欢他的《风筝》与《好的故事》。我从一开始就感到了鲁迅的深沉与重压、凝练与悲情。我知道读鲁迅不是一件好玩的事情。我读了丁玲的《莎菲女士日记》，我看不懂。但我喜欢她的《水》，我觉得《水》在号召反抗，合我的心。

在家，我还读了《木偶奇遇记》与《爱的教育》、《安徒生童话集》与《格林童话集》等书。它们大大地启迪了读者的爱心，读到木偶比诺乔的腿被烧掉的情节，我流下了眼泪。

我读了一本印刷精美的插图本《世界名人小传》，里边介绍了牛顿、居里夫人、狄更斯等人的事迹，这样的书对于我的立志有所成就，是起了作用的。

我也被带去看过多次电影。我记得梅熹、吕玉堃、白云、舒适、刘琼，特别是李丽华、陈燕燕、陈云裳、周璇、周曼华、顾兰君的名字与形象，却不大记得起他们演的影片的故事。有一部片子叫《万紫千红》，是各种电影插曲的荟萃，并为此片专写了一首主题曲：《真善美》，众影星唱道："真善美，真善美，它们的代价是脑髓，多少心血，多少眼泪，多少沉醉，换几个真善美……"

我不解其意，但是觉得它的词很别致，很怪，便记了下来。

有一个影片是周璇演的《渔家女》，她的几首歌我后来都学会了。我记得的是一个渔家少女上了阔少爷的当。少女千万要小心，我明白了。

我看过张恨水原著改编的《金粉世家》，我的一个印象是一男一女亲吻，后来女子就怀了孕。我不理解为什么一拥抱就会怀孕。但是我很明白，电影里的故事多是女性倒霉。我从电影中特别感受到女性的美丽，尤其是周曼华的《不求人》，她演的那些家务劳动，蒸饭炒菜，哭哭笑笑，都那么甜甘，那么平顺，那么实在，让人看着踏实、喜悦、爽利而又舒服。我甚至想到，我长大了有一个周曼华似的媳妇该有多好！

女性美丽。女性倒霉。女性容易受男人的伤害。这就是我从小小年纪看电影中得到的结论。我长大了绝对要对得起女性，绝对不做对不起女人的事。我早就下了死死的决心，即使看电影里的女性哭哭啼啼，我也难过得很。

我多次在家里听到邻居的或自己的收音机播送李丽华唱的《千里送京娘》插曲："柳叶青又青，妹坐马上哥步行。长途跋涉劳哥力，举鞭策马动妹心。哥呀，不如同鞍向前行……"然后是梅熹唱的两句男声："用不着费心，我不怕这崎岖的路程。"这首歌使我十分感动，赵匡胤千里送京娘的故事也感动了我，京娘的自杀使我顿足。委婉软弱和渺小的情感令我惭愧，也令我难以忘怀。解放后我拼命管住自己，再不应该为李丽华的歌曲而落泪啦，至少理论上我是认识到了。我一直想看这部片子，但是始终没有看到。

当然更早的观影的记忆应该提到朱迪·加兰主演的《绿野仙踪》与万籁鸣等四兄弟制作的大动画片《铁扇公主》。《绿》的情节我完全不懂，但是影片中有一个水晶球似的宝贝，从球中能够看到远处的人的遭遇，球发光的那一组镜头令我目驰神迷，无法想象人间竟有这样的奇妙，而《铁》，更是醉人，我看了不止一次。我看的结果是相当同情铁扇公主而不是唐僧一行。牛魔王的妾玉面狐狸的山门与她的面容都很美丽。孙猴子钻到铁扇公主肚子里一节，叫人好难受。牛魔王大战孙悟空，最后显了原形，变成一头大牛，也令我同情。看来亲牛意识是贮存在国人的细胞基因里的。我也与家人一起听戏，一次是尚小云主演的《青城十九侠》，未有印象存留。有几次在离家不远的地方看朱丽霞、花砚茹演的评剧。我的印象是朱丽霞很美声音富有磁性，而花砚茹演得活泼生动。她们的搭配就像后来的筱白玉霜与喜彩莲。

我也随着姐姐等学会了不少流行歌曲。大多是周璇唱过的："春季里，艳阳天……你可不要把良心变""人生何处不相逢……人生本是个梦""心上的人儿，有笑的脸庞，他曾在深秋，给我太阳""这里的早晨真可爱，这里的早晨真自在""天上旭日初升，湖面晨风和顺"，我们都唱得滚瓜烂熟。到了临近解放的时候，又有几支歌流行起来。一个是"山南山北都是赵家庄……"却原来这是吴祖光的歌词，是隐含着对于解放区的向往的。另一首是"春天的花是多么的香，秋天的月是多么的亮……"虽然浅，但是我无法抵抗它的动人。有趣的是一九九〇年北京亚运会上香港体育代表队入场的时候，铜管乐奏的就是这一首歌。最后一首是《夫妻相骂》："没有金条也没有金刚钻""这样的女人简直是原子弹""这样的家庭简直是疯人院"，有什么办法呢，这样的歌曲流行起来，旧社会灭亡的预兆也就无可怀疑了。

　　一九四九年以后，我以为这些光怪陆离与乌七八糟都是一去不复返了。有一次我无意中哼哼起《蔷薇蔷薇处处开》的调子，我的领导立刻指出：怎么从"重庆的防空洞"（语出毛主席）中刮出一道阴风……我更加明确，这过去的一切只能是决绝地无情地与之告别，与之永别了。去你妈的！

进步关系

我喜欢唱进步歌曲。《跌倒算什么》这首歌的内容是为受挫的学生运动打气，这首歌改了点词收入了大歌舞《东方红》。《团结就是力量》是学生运动的经典歌曲。最早何平教给我学会了《喀秋莎》，后来刘枫还教会了我唱最脍炙人口的苏联群众歌曲《我们祖国多么辽阔广大》，那种自豪感与开阔感是我从以往习唱的歌曲中从来没有体验过的。

有一首歌我不知道作词与作曲者是谁，它的内容极适合进步学生们的口味：

我们的青春像烈火一样鲜红，

燃烧在充满荆棘的原野。

我们的青春像海燕一般英勇，

飞翔在暴风雨的天空。

原野是充满了黑暗，

我们燃烧得更鲜红。

天空是布满了黑暗，

我们飞翔得更英勇。

我们要在荆棘中烧出一条大路，

我们要在黑暗中向着反动派猛攻！

这首歌的歌词对于那时的我像是圣经一样。

一首苏联歌词与之很相像：

兄弟们向太阳向自由，

向着那光明的路……

你看黑暗已消灭，

万丈光芒在前头！

相信这是一首街头斗争、游行示威时的群众歌曲。它的节拍适合大步行走。

另一首我早就学会的苏联歌曲据说是列宁喜欢唱的：

生活像泥河一样流，

机器吃我们的肉……

　　情调极像高尔基的《母亲》，也许这首歌的词是高尔基写的？此后许多年，周扬喜欢引用一个例子，说是高的《母亲》深受列宁赞扬，说这是一本"合乎时宜的书"，而普列汉诺夫却批评此书的艺术性的不足。一九八一年我与胡乔木第一次见面，他说到高的《母亲》写得并不好，倒是《克里姆·萨姆金的一生》才是高的代表作。

　　无论如何，旧社会的撼人灵魂的革命歌曲是太多了，正义的冲动、悲悯的情怀、献身的血性是太多了。我相信没有革命的小说与歌曲就没有革命。我甚至怀疑过一些没有唱过这一类歌曲的人的革命要求是否足够悲壮与强烈。我深信没有被压迫与求解放的情怀，就没有革命。我怀疑解放后咸与革命、随大流革命，然后种田打球烧菜收废品全算革命，再然后深怕别人说自己不革命，纷纷抢着表示拥护革命，越表示革命就越能够获得现实的利益——这究竟是不是一件值得庆幸的事。革命毕竟应该是牺牲，是奉献，是迫不得已，是面对重重阻力、重重艰难的豁出命去的千难万险之事儿啊。

　　有意思的是，还有一批并无革命词句的歌曲也纳入了革命洪流，例如"太阳落山明朝依旧爬上来，花儿谢了明年还是一样地开……"也是刘枫教给我的，他边唱边舞。学生工作，容易吗？以及"可爱的一朵玫瑰花，赛的玛利亚……"还有"温柔美丽的姑娘，我的都是你的，你不答应我要求，便向喀什噶尔跳下去……"一九四八年春，地下党领导搞了一次平津学生大联欢，这些比较健康的民歌被联欢的大学生们所传唱，从此这些歌儿也成了进步学生的标志。国民党那边呢，没有剩下几个歌可以唱了，只剩下了白光、李丽华的靡靡之音了。有一位台湾背景的诗人对我说过，他们上学的时候春游，刚唱一首歌，马上被人提醒，那个歌不能唱，那是共产党的歌儿，再换一首，还是共产党的歌……

我渐渐懂得，学生运动的做法是愈来愈成熟了，它发动并组织着矛头直指国民党的请愿游行示威罢课，也扩大着自己的外缘，包括了各种文娱、学习、助学活动。地下党组织过规模庞大的助学运动，征募钱财，帮助经济困难学生。在这些活动中，树立了进步学生、地下党员学生骨干的威信，紧密了这些学生骨干与广大学生的关系，使这些大学生变成了同欢乐、共患难、一起向往明天、一起渴望变革、生愿同生、死愿同死、打不散、折不弯的斗争集体。而这是国民党统治者最最没有办法对付的。

当然这里也有前提，就是功课最好、最聪明、最有能力、最有威信的学生骨干倾向于革命，倾向于共产党；这就叫作人民与青年的革命化。我读过一本关于学生运动的书籍，它开宗明义，一上来就要求所有的学运积极分子把功课学好。

　　我也参加过这一类活动。根据刘枫建议，我去过北大工学院的中学生寒假补习班。只是由一位大学生给我们补习数学而已。但也是在悄悄地散播革命的种子。

　　革命是怎么来的？革命从补习几何三角中来。革命从唱歌跳舞而来。革命从一切阅读，从一切对生活对世界的不满意，从一切社会矛盾、阶级矛盾、家庭矛盾、人际矛盾……从一切对于新生活的幻想当中来。我的父母骂架，我以为只有革命才能解决他们的怨仇。我听到隔壁邻居每到夏夜晚上拉胡琴，他拉得又不好，聒噪得人心烦意乱，我想是只有革命才能取消这些穷极无聊的噪音。一本书写得极差，我相信只有革命才能淘汰这些格调低下误人子弟的狗屁书籍。一本书写得动人，我相信只有革命才能使书里的人物的眼泪止息，使有情人成为眷属。

　　我想起了与刘枫即黎光同志的一个小争论。一次他问我在看什么书，我说是老舍的《骆驼祥子》。他表示不以为然。我表示此书可以起动员革命的作用，他不怎么相信。

而我坚持，不论老舍当时的政治见解如何，《骆驼祥子》给人的影响是，这个社会已经无可救药。而且不仅老舍，连当时与共产党领导的革命没有太密切的关系的冰心的《去国》与《到青龙桥去》，同样地也会通向革命，引向革命。

与此同时，我读书时也常常困惑，为什么鲁迅的作品没有直接号召革命与歌颂共产党的内容？为什么丁玲的作品中少有直接号召革命的内容？为什么革拉特考夫的《士敏土》与绥拉菲摩维支的《铁流》里的革命是那样粗暴和混乱？为什么这两位苏联大作家对革命的描写是那样吝惜光明和欢乐的词句？与这些相较，我宁愿读巴金的《灭亡》与《新生》、艾青的《火把》。前者讴歌抽象的革命，后者描写国统区的青年斗争。火把，红旗，在刑场上高唱《国际歌》，我的青春需要的是这样的崇高牺牲的旋律！

这里我想特别讲一讲读革拉特考夫的《士敏土》的感想。十二岁的少年当然理解不了苏联十月革命与十四国干涉后的恢复生产时期的背景与众生相，但这本书给我的印象却是大大强烈于法捷耶夫的《毁灭》与绥拉菲摩维支的《铁流》。我始终怀疑以毛主席的风格他不可能对《毁灭》感兴趣，也未必有时间全文阅读彼书，他之所以在延安文艺座谈会的讲话中提及，与当时的法捷耶夫是苏联作协主席有关，也与此书是鲁迅所译有关。希望知情者有以教我。

少年的我读《毁灭》读得颇为丧气，这是事实。

至于《铁流》，读来沉闷。至于有好友声称《士敏土》与《铁流》乃是一书两题，而有关编辑也看不出来，就更令人叹息，时过境迁，俱往矣喽！

《士敏土》非常强烈刺激，斗争激烈，革命者艰苦卓绝，将富农驱逐到白海，一个富农知识分子的描写如同幽魂。清党中被清洗者当场自杀，主持清党者的脸上的肌肉没有抽动一下。女主人公黛莎以身体献给红军战士与她的性公有观念，知识分子党员的软弱无能（包括在性上），一位领导人的性侵略与性自由。男主人公格利克服了对妻子黛莎的性关系问题上的私有观念之后怎样投入恢复经济的群众运动（真有点要共产共妻的意思）。此书最后描写格利怎样把小我融化在人民群众的革命激情与红旗标语之中，有一种崇拜感、升华感、超越感，是一种成仁取义的完成感，感人至深。

读过此书，我脑子里不断出现一个戴着火红头巾的黛莎的形象，健康，苗壮，性感，热气腾腾，苦大仇深，无限胸怀。我到那时并没有见过苏联人，我曾问过父亲，日伪时期街上偶尔看到的"打倒苏联"的标语是怎么回事，父亲说过："苏联是世界上最强大的国家。"但是我的心目中，黛莎的形象与我其后见到过的许多俄罗斯妇人一致，虎背熊腰，热力四射。她是我的革命偶像，无可讳言，她也是我阅读中获得的一个假想的性偶像。无论如何，懂也罢不懂也罢，黛莎式的性观念不是共产主义更不是我国的主流观念也罢，《士敏土》的阅读使我模模糊糊地却也是大大地猛猛地燃烧了一回。里边有些胡写八写也罢，革拉特考夫写出了革命的严酷的魅力，躁动着的生命力。

也不能说我这个"进步"青年只限于读左翼书籍与唱革命歌曲，我曾经办了一个手写本刊物，叫作《小周刊》，主编与基本作者是我与秦学儒，我为之撰写了充满激情的发刊词，无非是抨击社会的不义与号召斗争。我们用复写纸抄写，然后提供给诸同学阅读。"出刊"两天我就被校长找去谈话，校长是国民党市党部委员，名常蕴璞，字玉森，以管束严厉、提倡并施行体罚而给我留下了印象。常校长讲的是什么"被人利用，造成事件"之类，我主编的第一本刊物就这样被查禁了。

地下党给我的定位是"进步关系"，就是说我是思想进步的青年，但不是党员也不是党的外围组织的成员。那时候尚没有全国性的青年组织，二十年代有过共产主义青年团，后来没有了。后来是直到一九四九年一月一日中央才做出了建立新民主主义青年团的决议。但地下党——具体地说是中央华北局城市工作部，部长是后来长期任中共北京市委第二书记的刘仁同志——在学生中，建立了若干外围组织，为了防止暴露与破坏，分别用不同的名称，似是自发群众团体。其中有的称"民主青年联盟"，简称"民联"。有的称"民主青年同盟"，简称"民青"。还有一个叫"中国青年激进社"。刘枫曾经给我看过后者的章程，我没有表示自己要参加，这大概说明我的组织觉悟不高，我自知年纪太小，除了读点进步书籍，唱进步歌曲，没有太想做点什么有组织有领导的事情。这使得刘枫对我一度比较失望。

但是我自己对自己的"进步"深为自恋自豪自敬。怀着一种隐秘的与众不同与众相悖的信仰，怀里揣着那么多成套的叛逆的理论、命题、思想、名词……不动声色地生活在大众之间，这种滋味既浪漫又骄傲。一些报刊大骂共产党的残酷的阶级斗争。有的报刊表面公允地对国共各打二十大板。说什么共产党经济民主政治不民主，而国民党相反。有一个姓耿的先生，在国民党政权即将覆灭的时刻创办了一本《太平洋月刊》，创刊号的头题文章是《列宁的叛徒与国父的逆子》，破口大骂两边，也一度吸引了所谓眼球。校长动辄在集会上煽动反苏反共。有些老师上课时大讲土改中的刑罚。有些亲友也是提"共"而色变。而我呢，坚信他们都是糊涂虫，昏聩无望，人云亦云，沉睡不醒，腐烂等死，而我却找到了光明，找到了希望，辨得清真伪，一切了然于胸，登高望远，信心十足，阔步前进……而这一点，包括家人，谁也不知道，我是独占鳌头，心明眼亮的唯一。只是在解放前夕我才知道姐姐也参加了党的外围组织。

有几个月刘枫同志没有来找我，我按他说过的地址去到他说的那一条街，一家一家地寻找，我找不到他。我体会到了失去关系的滋味，太悲伤也太恐怖了，哪怕只是一个进步关系，这个关系是不能中断的，组织的力量是无限的，失去组织就失去了一切寄托和希望。当你只是一个人的时候，你只有十二三岁，一米六多一点高，体重不足百斤，对旧社会完全绝望，你什么事也不可能做成。当你与一个伟大的组织有联系的时候，你知道自己的力量巨大无比，正在艰难取胜。我曾经梦见了刘枫同志，但是醒来以后却找不到他。

入　党

　　一九四八年我初中毕业，这使我得到了唯一的学历文凭，我记得毕业时分金合欢花（榕花）树盛开着橙红色的毛茸茸的花儿的情景。还有各种留影、纪念册与互写赠言。我对此并无所谓，我深信这些事都是小资产阶级的空虚无聊。这大概反映了我那时的骄傲自大，唯我独革，不把普通同学放在心上，尤其是不把死读书死用功的同学放在心上：我一个小时弄通的功课，他们硬是要用五个小时，叫我说什么好呢？

　　正如那个时候我在日本投降后首次接触到徐訏的小说，不知徐是不是大后方的作家。我看了《吉卜赛的诱惑》《鬼恋》《风萧萧》……他写得极吸引人，但是我后悔他的小说是在我成为共产党员以后才看到的，不然，我会留下更美好的印象。而身为共产党员的我，对徐先生的作品，只能视为空虚幻想、小资情调、无病呻吟、装腔作势……就是说我已经学会了排斥许多我不能认同的东西，批判许多与革命者的心灵不相通的东西。

毕业时出一本校刊，要选我一篇作文。我汲取了办刊物被取缔的经验，便拿了一篇以堆砌辞藻见长的《春天的心》充数。这篇东西就这样留下了，以致至今仍然有时收入我的散文集中。刘绍棠甚至说是看了此文，觉得我的所谓"意识流"式的文风已见端倪。

当时的高中是各自招生，有的人便报考许多学校，花很多报名费，以增加保险系数。我则报了四中和河北高中（简称冀高），两者都顺利考上了。我与秦学儒决定取冀高而舍四中。原因之一就是冀高有革命传统。"一二·九"时期北京中学生参加救亡运动者以冀高为首。荣高棠是那个时候的冀高学生。一九四八年报道过一个事件，四月十七日，冀高学生自治会成立，举行晚会，晚会上表演了小歌剧《兄妹开荒》，特务学生当场闹起来，逮捕了进步学生十七人，其中引人注目者为自治会骨干刘鹏志。

就在我们入冀高一个月后，刘枫来了，冀高的工作是他带领的，他正在为冀高地下党受到破坏而忧虑。他二话没说就说愿意介绍我们二人加入中国共产党，给我们看党章。我至今不知道他从哪里得知我们已经进入了冀高，我相信在经过"四一七"逮捕以后、进步力量受到严重打击的冀高，我们这两个进步关系的到来恰逢其时，自动符合了革命的需要。刘枫的这次到来使我们也使他兴高采烈。

发展我们入党的提议出乎我们的意料，我本来以为共产党员对于我是高不可攀的，共产党员是钢铁所炼成的（保尔·柯察金式的），是真正的仁人志士，是大无畏的英雄，是身经百战的斗士，是人民群众的带路人，是火炬的高擎者与人民的旗手。而我深知自己的幼稚与软弱。我感到了些许的惶惑，乃至失望，如果我都可以成为共产党员，共产党员不是太一般了吗？

我更感到了革命的圣火的燃烧，已经不容惶惑，已经不容退缩，已经不容怀疑斟酌，号角已经吹响，冲锋已经开始，我只能向前向前再向前。

数天后即一九四八年十月十日，我与秦学儒在离冀高不远的什刹海岸边再见刘枫，声明都已认真考虑过了，坚决要做共产党员，把一生献给共产主义事业。刘枫宣布即日起吸收我们入党。秦的候补期为一年，我的候补期至年满十八岁时为止。刘指示我们，由于形势险恶，要特别注意保存力量，严防暴露，细致工作，扩大党的思想影响，并秘密发展外围组织。

然后我从什刹海步行返回位于西四北小绒线胡同的家。
一路上我流着热泪唱着冼星海的一首尚未流行开来的歌：

      路是我们开哟

      树是我们栽哟

      摩天楼是我们

      亲手造起来哟

      好汉子当大无畏

      运着铁腕去

      创造新世界哟

      创造新世界哟

我觉得再没有比这首歌更能表达我当时的心情的了。
这可以说是我的入党誓词。

不久我们班因为英语教师常常迟到而发生了小小的罢
课与集体签名要求更换教师事件。校长穆庚寅前来我班镇
压。刘枫很快找到我们，指示目前不宜搞公开的斗争。刘
枫并说到对四月十七日的事件他有责任，他做了检讨。他
没有细说，我理解是指斗争方式不能违背隐蔽与保存革命
力量的原则。

随着革命力量的胜利，国民党也急了，北京的街头到处是"肃清'匪谍'"的标语，由"军警宪"三支队伍组成的"执法队"大卡车在道路上行驶，说是这种执法队有权抓住"匪谍"就地正法。这种疯狂更使我感到了胜利的临近与共产党员的使命。

与此同时，无数普普通通的工人、职员、大中学生中的地下党员与盟员，通过日常生活事务的讨论，通过读书活动、补习活动、改善伙食管理活动、春游活动、看电影的活动、文娱活动直到宗教活动（解放前的一些高、中等学校的基督教"团契"有许多是掌握在地下党手里的）宣传着党的纲领、革命的取向、革命战争的大好形势……扩大着党的思想与组织力量。

我已经相当熟练，不论是谈论一本书，是谈论宿舍的物质条件，是谈论伙食还是谈论一部电影，我都能往一个思想上引：中国需要革命。不久，根据扩大组织迎接解放的要求，我发展了好几个盟员。

刘枫同志并介绍另一位冀高的同级同学徐宝伦与我们相识，指定我们三人组织一个支部，由徐宝伦同志任书记，刘枫特别说明，他考虑过王蒙任书记的事，认为王蒙最近身体不好，还是由徐做更合适。当时我们三个人都是候补党员，但地下工作的许多事必须变通处理。

身体的事是这样，自从上了冀高住校以来，我常常失眠，消瘦苍白。有一次上化学课，老师见我面色太差，把我叫起来，问我是否有肺结核，并嘲笑我说："怎么像个老人苗子？"从此我在班上有了这样恶劣的绰号。后来校篮球队的中锋在透视检查身体时发现了有肺病。我也在此次体检中被多"扣留"了几分钟，待在X光室的黑暗中，听大夫用拉丁语说话，我吓得差点闭过气去。

我去白塔寺的中和医院（原中央医院，现人民医院）挂号，看失眠的病，医生断然否定我的主诉，认为一个十三四岁的少年根本没有患失眠症的可能。于是我无处求医。

我为自己的身体不佳而沮丧。我为自己身为地下党员却病恹恹的而沮丧。我也为徐宝伦担任书记而沮丧。我心里极不是滋味。同时又反省自己，党的支部书记，不是官职而是献身，既是党员，就只能大公无私，连生命都可以牺牲，还有什么私利可言？我懂这个道理，但是认识与实际脱节，为是旁人而不是自己担任支书而心乱如麻。更因为自己的理论与实际脱节而充满了困惑与挫折感。

事实上你总要有所舍弃，除了失眠——身体上付出了代价以外，上了高中一心革命之后，我的功课已经不像从前那样得心应手了。河北高中是名校，老教师多，但我觉得他们并不循循善诱，学生的提问难不倒他们，往往是同学的提问还没有讲完,老师已经把答案写到了黑板上,但是他们并不多讲过程。我不能确定的是,是由于我太分心才听不进高中老师的课,还是由于老师的课讲得确实不好,我才分了心。我其实已经模模糊糊地感觉到,我走的路已经脱离了幼年时立下的志向:学好功课,金榜题名,有所成就。我已经把自己的命运全部与革命的前途联系在一起了。对于一个学生,原来真的有比功课更重要的事儿。

我们的支部成立后又转入两名党员,接关系时用了暗号。我的地下党员的经验,只有接关系用暗号一点与电影戏剧的情节相像。

解放前夕,我们支部接受了任务,保卫北京,免受破坏。党的经验是,敌军溃败而我军尚未到位时,会出现无政府状态,于是各种犯罪分子会趁火打劫。我们支部的任务是保卫地安门至鼓楼一带的商店铺面人民生命财产,我们做好了华北学(生)联(合会)的袖标旗帜横幅,只等出现这种情况时拉出有组织的学生队伍护民护城。我为此与徐宝伦等实地勘察,绘图。我们是得意扬扬地迎接解放的。现在想起来,当时还是有点轻率,如果被发现,后果不堪设想。

到了一九四九年一月,天津已经解放,解放军与傅作义将军的代表的谈判接近成功,我们领受了散发传单的任务，是中国人民解放军北平军事管制委员会主任叶剑英将军的《告北平市民书》与解放军第四野战部队的文告（是否以林彪名义发出，我已记不清）。我拿着大量传单，首先放到自己所熟识的亲友家、教师家，地下党要求首先重点发给一些有影响的知识分子与社会人士手中，其次就是不管什么人，在胡同里见到一个紧闭的大门，就从门缝里将传单塞进去。这个工作令人充满了幸福感。快乐使人们完全忘记了恐惧。我们支部的后转来的一位同志甚至把文告贴到了布告牌上。而通过散发传单，我们发现，一位美术教师也是地下党员。从他的表现上，你是死活不会想得到的。一次刘枫来给我们送传单，他几乎是毫无隐蔽地将大批传单带在身上，连我都吓了一跳。也许，对于我们来说，光明已经到来，黑暗已经无足挂齿，也许地下党的力量已强大到可以控制局势，而国民党的至少是傅将军的全无斗志，已经使他们提前解除了武装。我算是知道什么叫旧政权的垮台，什么叫革命的凯歌行进了。

名家散文

鲁迅：直面惨淡的人生

胡适：天下没有白费的努力

许地山：爱我于离别之后

叶圣陶：藕与莼菜

茅盾：斗争的生活使你干练

郁达夫：夜行者的哀歌

徐志摩：我有的只是爱

庐隐：我追寻完整的生命

丰子恺：我情愿做老儿童

朱自清：热闹是它们的，我什么也没有

老舍：有朋友的地方就是好地方

冰心：繁星闪烁着

废名：想象的雨不湿人

沈从文：每一只船总要有个码头

梁实秋：烟火百味过生活

林徽因：你是人间的四月天

巴金：灯光是不会灭的

戴望舒：我的心神是在更远的地方

梁遇春：吻着人生的火

张中行：临渊而不羡鱼

萧红：我的血液里没有屈服

季羡林：微苦中实有甜美在

何其芳：紧握着每一个新鲜的早晨

孙犁：人生最好萍水相逢

琦君：粽子里的乡愁

苏青：我茫然剩留在寂寞大地上

林海音：唯有寂寞才自由

汪曾祺：如云如水，水流云在

陆文夫：吃也是一种艺术

宗璞：云在青天

余光中：前尘隔海，古屋不再

王蒙：生活万岁，青春万岁

张晓风：年年岁岁岁岁年年

冯骥才：生活就是创造每一天

肖复兴：聪明是一张漂亮的糖纸

梁晓声：过小百姓的生活

赵丽宏：闪烁在旷野里的微光

王旭烽：等花落下来

叶兆言：万事翻覆如浮云

鲍尔吉·原野：为世上的美准备足够的眼泪